JN306470

さかさま恋愛講座

青女論

寺山修司

角川文庫
13686

目次

第一章——結婚

女の子に、

「大きくなったら何になりたい？」

と訊《き》くと、「お嫁さん」と答えるのがいちばん多いそうです。

なるほど、お嫁さんは女の子から見れば、美しくて、しかも幸福に映るのかも知れません。しかし、それならば女の子は大きくなったら、なぜ「毎日、お嫁さんになろう」とはしないのでしょう。長い一生のうちで、女の子がお嫁さんになれるのは、たった一日だけです。離婚して再婚すれば二日、再婚の記録を十二回も持っている女性にしたところで、たった十二日しかお嫁さんでは、いられないのです。

これは、人生を仮に六十五年とした場合には二万三千七百二十三日が「お嫁さんではなく」、女の子か奥さんか、お母さんだということをあらわしているのです。

しかも、お嫁さんになりたいという夢を人生の前半のうちに達成してしまうと、そのあとの毎日は余生のようなもので、「ああ、もう二度とお嫁さんにはなれないのだ」と思うと、さびしい思いに駆られることでしょう。

「金襴緞子《きんらんどんす》の帯しめながら、花嫁御寮はなぜ泣くのだらう」と蕗谷虹児は詩に書きましたが、花嫁御寮が泣く理由は簡単です。子供時代から夢見てきたお嫁さんになって、たった一日でお嫁さんを辞めなければならないことを惜しんで感傷しているということなのです。

＊

お嫁さんをたった一日で辞めたあと女性は妻になり、母になります。そして、その期間が人生の大部分を占めることになります。男性の場合には、夫であることは彼

ビアスの「悪魔の辞典」では花嫁は「幸福になりうる前途の見込みを背後にもった女性」となっています。つまり、ビアスでさえも「もう手おくれだ」と皮肉っているのです。

の属性の一部であるにすぎず、その他に身分、職業などがある訳ですが、大部分の女性の場合には、妻であり、母であることがその全人格になってしまうようです。つまり、男性にとって夫や父であることは彼の状態をしめすものなのに、女性にとってはそれが身分であったり、職業であったりすることを兼ねているのです。

＊

シモーヌ・ド・ボーヴォワールが言うように「結婚が二人の自主的な個人のあいだにされた自由な結合」であるのは、まだまださきのことで、現在では結婚は女性にとって、妻、母、育児婦、掃除婦、炊事婦、洗濯婦の兼務と、留守番を強いることになります。大部分の妻にとっては、夫と話しあう時間よりも、テレビと向きあっている時間の方がはるかに長く、「たった一度の花嫁」になった代償としては、あまりに高価な時の浪費と思えないこともない。

しかし、私がこう書くとあまりにも独断的だと言われるかも知れません。大部分の女性は結婚しているか、しようとして準備しているかであり、「結婚なんか無意味だ」とは、決して思ってはいないからです。

＊

だが、いま結婚しようとしている女性に、「それがなぜ結婚でなければならないのか」をたしかめてみることは無意味ではありません。

古代社会にあって、結婚することは「家」を作ること、または「家」に従属することでした。そして、そこで保障されていることは、経済的、身分的、教育的、宗教的、娯楽的、保護的、愛情的なものでした。だが、家の外が大草原で、オオカミがうろついていた時代の、夫による保護、家の外にはだれもいない古代の、家の中でする娯楽、そしてまた妻ではない女が差別されていた階級的原始社会ならいざ知らず、いまでは家の外に多くの娯楽、宗教、教育の機関がそなわってしまったのです。

＊

妻は夫からお小遣いを貰うだけではなく、自分自身で働いて収入を得ることができ、生け花や茶道を家の外の「教室」へ通って習い、家の外の映画館やダンスホール、劇場やボーリング場で娯楽的要求をみたし、そして病気も家の中で原始的な呪術治療をするのではなく、家の外のれっきとした病院に通うようになった今では、結婚のかたちが時代と共に大きくかわってきてしまったことを認めない訳にはいきません。「家」の機能はただ、愛情的なものであるにとどまり、夫と妻とが夫婦としてする生活は、同じベッドで寝るということだけになってしまったのです。

ぼくの中学生時代に本屋の片隅に、いつも「夫婦生活」という雑誌がありました。ちらっとめくってみると中には男と女が抱きあっている写真がのっていました。ぼくはびっくりし、それから「夫婦生活」という字を見るだけで顔が赤くなったものです。

だから近頃では夫婦生活というと、それは性的な生活をあらわすのが常識となってしまっています。

＊

よく結婚式のスピーチで、「彼女は今日から、他のすべての男性をあきらめなければならないということになりました。何と気の毒なことでしょう。まだ若くて美しいのに」と言ってみんなを笑わせる人がいます。

しかし、この冗談は結婚の本質にふれており、「一人を一生愛する」と誓うことは「他の男性を一生愛さない」と誓うことであり、したがって愛情的な私有関係を制度化して、恋愛の自由を放棄することを神父の前で誓ったことになるのです。

フランスでは、最近本を読むことが少なくなったといわれます。そこで「もっと本を沢山読もう」という提案が議会でとりあげられ、とりあえず新婚家庭に古典文学を一セットずつ政府から贈られるということになりました。

ところが選ばれた本は「ボヴァリー夫人」にしても「女の一生」にしても「赤と黒」にしても「クレーブの奥方」にしても、みな妻の不貞を扱ったものばかり。新夫は喜んでいいものやら、嘆いていいのやらわからず、途方にくれていると友人のフランソワーズが教えてくれました。

*

大体が、愛情を制度化するということに無理があるのです。一夫一妻制は、青年青女がみずから案出した制度ではなく、権力者が社会秩序を保って自らの地位を維持するために押しつけたものであり、道徳はそれを永続させるために、あとから生み出されてきたものにすぎません。

だれだって、いつ新しい異性を愛しはじめるかも知れないし、同一の異性を一度きらいになって、また新しく愛しはじめるかも知れないのです。それを制度化して社会的に拘束してしまうのは、いささか非人間的なことだと気づくことが必要なのです。

＊

ブリクという学者は、アフリカのバンツウ族について、女性が陰核を切除する風習を紹介しています。

それによると「性的リビドーにいちばん感じやすい器官を切除することによって、色欲を制御して、こうして天性にそむく一夫一妻制を押しつけること」だというのですから、驚かされます。

＊

結婚は、いわば掟のようなものです。

しかし、もしもほんとに男と女とが愛しあっていて、その愛を永続させようとするのならば、その時に必要とされるのは「結婚」のような一夫一妻の制度によるよりも、お互いの愛の育て方自体によるべきです。キエルケゴールなどは「結婚することは愛することではない。結婚することは、愛を義務づけることのむずかしさを理解することだ」と言っています。さまざまの我慢と義務。そしていつのまにか「あたしは前には一人の女だったのに、今では品物になっている」(バルザック「二人の若妻の手記」)ことに気づくことの悲しみ。

＊

結婚しなくても花嫁になれたらいいのにね、と私は女の子に言ってやりたいと思います。一夫一妻を制度化するのではなく、愛しあえる相手をいつも(義務づけられることなく)見つめる権利。愛に素直であることの自由

一、この豚さんは市場へ行き、
二、この豚さんは、おるす番、
三、この豚さんは、肉を一切れもらい、
四、この豚さんは、なんにもない
　　マザーグース

が、これからの女性にもほしいと思うのです。

　それなのに、わが国でも「フランスでも、アメリカでも、母や姉や週刊婦人雑誌は蠅取紙で蠅をとるように夫を《捕える》技術を娘達にむかって露骨におしえている」（ボーヴォワール）ようです。

　一体、どっちが蠅になってしまうのか。もう一度、結婚について考え直してみてください。

＊

　洗濯し、アイロンをかけ、テレビを観、買物することは、妻として生きることではなく、たえまなく死をふせぐための労働にすぎません。それを休むとたちまち日常の死におそわれ、またその中で生きようとすることは、女としての自由を、家内労働者としての職能にすりかえてしまうことです。

＊

無人島で、男と女が出会い、愛しあったとしたら、その時二人に必要なものは、食べ物、衣服、そして青空とバラック建ての住居と想像力であったかも知れないが、結婚などという相互私有の制度などではなかった筈です。親や世間体によって「結婚させられる」ことから自由になること、それがまず、青女の条件だと私は思うのです。

第二章──性

子供の頃、母に、

「ぼくはどこから生まれてきたの?」

ときくと、母は必ず不機嫌になったものでした。

たぶん、私があのことをきさだそうとしているのだと思ったのでしょう。

私の母の答えは「おまえは、赤ん坊のときに橋の下に捨てられてあったのだ」というのでしたが、そのことは何の謎《なぞ》を解いてもくれませんでした。

それでも私は、橋と私とのあいだに人知れぬ因果があるような気がして、母に叱られて悲しくなると、橋の下へ行って一人で泣いたものです。

長い間、私は決してあのことを口にはしませんでしたし、酔っぱらった大人たちが大声であのことについて話しあっているのをきくと耳まで真赤になって、その場にいたたまれなくなるのでしたが、なぜあのことについて話すことがそんなに恥ずかしいのかは、自分にもわかりませんでした。

羽なし鳥がとんできて
葉のない木にとまった
そこへ口なし女がやってきて
羽なし鳥をたべちゃった
　　ドイツのわらべ唄

＊

ところが、人類学者のマリノフスキーがトロブリアンド島の子供の性生活について書いたレポートを読むと、あまりにも私たちとちがうのでおどろかされてしまうのです。

「トロブリアンド島の子供の自由と独立は、性的な面にもおよんでいる。

まず第一に、子供たちは年長者の性生活について、多くのことを見たり聞いたりする。親たちは、せまい家の中でかくれるところもないので、子供たちは性行為について、自分自身の見聞で知る機会をもっている。私の知りえたところでは、そうした見聞について、子供たちにたいし、特別な措置がとられるということはない」

ここでは親たちはむしろ、子供に誇るように性行為をし、子供はマットを頭からかぶって、なるべく見ていないふりをしながら、すっかりおぼえてしまうのです。マリノフスキーによると、子供たちはやがておぼえたことを実践してみるようになり、親はそれを知っていても叱るどころか、喜んで祝福してやるというのです。

男の子は、女の子にココヤシの実や小さなガラス玉を、女の子は男の子に草の実の首かざりや真珠をおくり、やぶの中で性行為をしてあそぶ——という習慣も、海と青空の下のトロブリアンド島の出来事だと思えば、ちっともいやらしくないし、罪悪感どころか、ほほえましい遊びのようにさえ思われます。

＊

ところで、同じようなことを青女であるあなたと私とのあいだで行なおうとすると、たちまち不謹慎だ、といわれることになるのは、なぜでしょうか？

だれもがセックスをとても重大なことだ、と思っています。そして、セックスを必要以上に神聖視したり、またそれへの反動からセックスを必要以上に安直に扱い、事物化して商品化したりするものまで出てくる始末です。

「たかがセックスではないか」

と思われるようなことを、これほど大問題にしてしまった犯人は、一体だれなのでしょうか？

キリスト教道徳のないわが国で、性道徳をきびしく私たちに教えこんできたものは、国家が現行秩序を保持するための、一夫一妻制による性的管理政策だったのかも知れません。つまり、自由な性解放は、「家」を必要としなくなってしまい、社会秩序が転倒してしまうのではセックスを軽蔑する人は、軽蔑するべきセックスしか経験できません。セックスを畏怖する人は畏怖すべきセックスしか味わうことはできません。さてさて。

ないか、という施政者の不安が、自由性交は不倫であり、悪であると教えこんできたモラルの原基となったのです。

＊

お互いに好意をもちあった同士が、日曜日に青麦畑で抱きあっています。

男が「きみがほしい」

というと、女が、

「だめ」

と首をふります。

「なぜ？」

ときくと、女は真剣に、

「赤ちゃんができるから」

というのです。

たぶん、こうしたケースは少なくないでしょうが、私には性的に無知な人たちの会話だとしか思えません。挿入することと、膣内射精することだけが性行為だと思っていること自体が、性行為を生殖の手段におとしめてしまっていることになるからです。

＊

性行為を生殖の手段だけに限定してしまったのはキリスト教思想ですが、そのために性の自由は大きく侵害されてしまいました。

石頭のトルストイじいさんは言ったものです。

「唯一の正常な性は、はっきりと子供を生むことに向けられたものである。快楽にふけることは夫婦の間でさえ、異常であり、いくらか不自然なことなのである」

しかし、このトルストイじいさんの考えでは、膣内射精であれば、たとえ強姦であれ、サディスティックなものであれ正常であることになり、反対にどんなに愛しあっている同士でも、膣外射精したり、避妊具を用いたり

「パリのジム・ヘインズのアパートでは、いつも女子大生やヒッピーが雑居生活しています。みんな『ファミリー』なのです。大きなフランスパンをみんなで食べ、みんなで森へいき裸で日光浴をするのです。」

キャロル

するものは異常だということになるようです。

この考えは、オルガスムスについて全くふれていず、同時に性的抑圧が人々をどんなふうに不安にしたり、いら立たせたり、犯罪の原因になるかについての考察が欠けているのです。

つまり精神分析学的な視点も、性を科学的にとらえようとする態度も、全く省かれています。

だが、こんな風に性を文化として認識していない人たちにとっては人間の性行為も血統犬のタネツケと同じことになってしまうでしょう。

＊

ジョン・レノンらの友人で芸術共同体（アーツ・ラブ）の創始者として知られるジム・ヘインズが友人たちとはじめた「SUCK」という性解放の新聞が、ヨーロッパで評判になっています。この新聞について、ジムは

「SUCKというのは、文字通り〈吸う〉という意味なんだ」と言っていました。

「つまり、あのことなのさ。

ぼくらは、生殖手段としての性に対して、人間の自由を表現する手段としての性、文化としての性、遊びとしての性、幸福としての性を提唱する。〈吸う〉のは口の仕事だ。口から赤ちゃんが生まれて来っこないから、口でするセックスは、はじめからオルガスムスをめざしており、生殖とは関係ないものなんだ。

つまり、もっとたのしくやろうという運動の一つの軽気球だと思ってもらいたい」

＊

青女にとって、詩や音楽が「精神的な化粧品」であるように、性もまた「精神的な化粧品」であると思われます。

たのしいセックスができることは、ダンスや歌がうまかったり、絵に秀《すぐ》れていたり、演技が上手だったりするのと同じようにその人の教養であり、才能でもあるべきです。だからと言って、性は決して、結婚のための交換条件であったりするべきものではありません。まして、そのことに不熱心だったり下手だったりすることが「清純」さや、「女の値打」であるかのように喧伝《けんでん》するようでは、まちがった性意識の水先案内人にしかなれないでしょう。

私の考えでは、所詮「たかがセックス」なのです。それにまつわる幻想を超克してしまわないうちは、いつまでたっても欲求不満とヒステリーについてまわられることになるに決まっています。

だからといって、行きあたりばったり、だれとでも寝なさい、と言っているのではありません。性の相手は

「ハンドバッグをしまっておくように人間のこころまで私有しようとしても、それはできない相談なのよ」

メルナ・メルクーリ

「選ぶ」べきであり、選ぶためには、より多くの「出会い」に向かって、話しかけたり、話しかけられたりすることが必要だと言っているのです。一年にたった一日、バレンタイン・デーにだけチョコレートを贈るのではなく、他の三六四日も、同じように情熱への怠惰さを捨てましょう。

いつも偶然の機会を待っている青女には、チャンスなんかきません。

ドストエフスキーは「賭博者」のなかで、

「あ、おばさん。世の中には偶然のない人生というのもあるんですね」

と言わせているよ。

＊

レヴィ・ストロースによると未開社会では、セックスの相手は近親ばかりだったということです。

子は母と、兄は妹と、父は娘と、みんなたのしそうに家の中でセックスをしたのであり、そこには愛はあっても罪悪感などはなかった、というのです。

それが、文明化の過程でいつのまにか近親相姦を禁じるようになったのは、「相互贈与」による、おたがいの発展のためだった、とマルセル・モースは解説しています。「自分の娘や姉妹を性的対象物とすることを禁じるのは、その娘や姉妹をほかの男に与える必要があるからであって、また同時に、ほかの男の娘や姉妹を要求する権利への出資でもある。……社会はこうしたことによって相互関係の安定を保ちえて、そのかぎりにおいてのみ発展をとげてきた」

このことは、近親相姦を禁じてきた思想が、実は社会生活の上の方便であって、それ以上のものでなかったことをあらわしています。

青い種子は太陽の中にある。
ジュリアン・ソレル

私がここでくり返して言いたいのは、「たかがセックスだ」ということです。そのことにまつわる幻想も迷妄も捨てて、ボーリングやフォークソングのようにセックスをたのしむことを考えるべきだと言うことです。そうしなければ、潜在的な性の抑圧が、あなたと社会との関係を歪《いびつ》で暗いじめじめしたものにしてしまうでしょう。

文明社会における不道徳というのは、たった一つ、「他人を不幸にする」ということだけです。お互いがたのしむ権利を禁じることは、どんな神さまにだってできることではないということに確信をもって、かくし立てしたり、罪悪感をもったりするのは止《や》めた方がいいと思います。

第三章——旅行

いま一番したいことは何か？

と訊くと「旅行」と答える青女は、少なくありません。観光旅行は年々ふえているし、書店には「海外旅行あなたの番」とか「一日一ドルアメリカ一周」といった本が並んでいます。

しかし、青女がなぜ旅行をしたがるのか？　といったことをつきつめて探求しようとする書物がないのは、なぜでしょうか？

＊

ある人は、旅行の流行する時代は不幸な時代だ、と言っています。

いま、自分の住んでいる現実に適応できない人たちが「ここではない他の場所」にあこがれるのが旅行だ、と

「ぼくは沢山の河を知っている」と黒人のラングストン・ヒューズは書きました。彼にとって、「河」というのは、もちろん人生のことであり歴史のことでであるようです。

考えているのです。
たしかに、私も少年時代に黒人の詩人ラングストン・ヒューズの「七十五セントのブルース」を読んで、

どこかへ走ってゆく汽車の
七十五セントぶんの切符をくだせえ
どこかへ走ってゆく　汽車の
七十五セントぶんの
切符をくだせえ　ってんだ
どこへ行くかなんて　知っちゃいねえ
ただ　もう　ここから
離れて　ゆくんだ

という独特の言いまわしにすっかり感動し、「どこへ行くかなんて知っちゃいねえ　ただ　もう　ここから

離れてゆく」ことを考えたものでした。

しかし、旅行の本質は、ほんとに「逃避」なのでしょうか？　現実に適応できない人たちにとって、適応できる他の土地を目ざしたとしても、それは幻想にすぎないのではないでしょうか？

エンツェンスベルガーの「旅行の理論」によると、辞書に「旅行家（ツーリスト）」ということばがあらわれたのは一八〇〇年、「観光旅行（ツーリズム）」ということばがあらわれたのは一八一一年のことだそうです。

しかし、このことばが生まれてから一五〇年ものあいだ、観光旅行という現象が歴史家の注目をあつめたことは一度もなかったのです。

――なぜ旅行するのか？

という素朴な問いには、きまって、

――新しい体験が得られるから、

――視野が広くなり、知識がふえるから、
――まだ見たことのない風景、習俗が見られるから、
といった答えが準備されていました。
旅行は、処女性、冒険、原始的なものへの（あるいは文明的なものへの）参加であり、現実の日常生活の単調なくりかえしからぬけ出すための唯一の手段でさえ、あるように思われていたのです。

＊

しかし、あまりにも多くの旅行者たちが世界地図の上を交錯しはじめると共に、そうしたブームへの反省がなされるようになりました。

青女たちが、ノートに「口笛と旅のない青春はみすぼらしい」と書いている頃、ゲルハルト・ネーベルは次のように書きました。

「いずれにせよ、西欧の観光旅行は、大きなニヒリズム

のひとつ、重大な西欧病のひとつである。

その悪性にかけては中東およびアジアの伝染病に決して劣るものではない。ツーリストと呼ばれるこれら旅行バクテリアの群れは、多様な対象を玉虫色に変色するトーマス・クック粘液で、ことごとく一様にぬりたくってしまう。

(中略)観光地として開発された土地は、メタフィジックな意味を喪失して姿をかくす——それは書き割り舞台とはなっても、もはやデモーニッシュな力を示すことはない」

またシャンドという評論家は、

「四十年前にもすでに快適なホテルはあった。

しかし、不快な観光旅行団体といったものは、当時はまれであった。今日の安っぽい旅行者などは、まったく存在しなかった」

と書いています。

同じことはわが国でも言われるようになり、「メガネをかけてカメラを持った観光乞食」から、ノーキョーや旅行会の「名所旧跡素通り観光」、あげくのはては「女のひとり旅は、旅費がなくなると身を売るようになる。最近では、こうした観光ビザを持った日本女性のふしだらさが目にあまるようになったので、若い女の単独観光旅行には、ビザをおろさないことにした」という外務省の見解まで、さまざまあります。

一体、観光などというものに、ほんとうに意義があったのでしょうか？　私の少年時代の最初の観光であるところの、「修学旅行」の思い出といえば、ただくたびれたことだけで、古きよき奈良の都も、五重の塔も、京都の竜安寺の石庭も、あくびと均衡をとりながら、見とどけるだけでせい一杯だったものでした。

旅は猫で、想像力はねずみです。どんなにす早くとんでも、この猫にはねずみを追いこすことなんかできないのです。

旅行会や航空会社のパックされた海外観光にぎっしりつめこまれたスケジュールの中ではパリのルーブル美術館やノートルダム寺院も、ローマのトレビの噴水も、同じようにただの遊覧バスの窓外の風景であっても、それ以上のものではなく、観光で世界一周してきたツーリストの感想の最大公約数は、

「どこへ行っても、にんげんの想像力を上まわる風景なんかなかった」

ということになるのです。

レヴィ・ストロースは「もはや冒険の時代は終った」と言っていますし、海外に仕事を持って出かける人たちは、観光客、あてのない彷徨《ほうこう》者を、通り過ぎるだけの風景人間といって笑います。

それなのに――なぜ、一五〇年もの長い間「観光」とか「無償の旅」といったものがひとびとに愛されてきた

のか――ということこそ、いま問題にされなければなりません。（むかし、旅がまだツーリズムとして定着していなかったころ、ヘブライ語では「商人」と「旅人」は同義語であり、実用性のない旅など、だれも考えもしなかった、といわれています）

それが今では、旅について語ることはロマンチックなことであり、多くの青女たちの、生きがいの一つにさえなっていることが、重要です。

なぜならばそれは、観光旅行が個人にうえつけた自由の意識と共に歩んできた、ということにつながっているからなのです。

あなたたちの学校時代に、社会科には「地理」と「歴史」とがあったと思います。歴史は政治的、社会的、経済的、技術的に、多くの変遷をくりかえしてきて、私たちに多くの遺産をのこしてくれました。

しかし、私たちはどのようにしても、歴史に手をふれることはできません。歴史はいつも、思い出と未来への幻想とをつなぐ見えない絆をもっていて、それを政治化してみせても、叙事的に記述してみせても、やっぱり目で見ることもできないし、手でふれることもできない。だから歴史は虚構にすぎない、と言うこともできるのです。

ところが、地理は手にふれることができます。私たちは、原始社会にも、未開地にも手をふれることができるし、ローマやエルサレムを、じぶんの靴のうらでしたたかにふみしめることもできるのです。つまり、地理をたしかめる行為としてのツーリズム（観光旅行）は、歴史状況を変えてしまいました。

私たちは先進国にいながらにして、第三世界や中近東の未開発文明の中にツーリズムによって時間的流れを逆行し、そのことによって状況を革命的にとらえ直すこともできるのです。

つまり、現代では観光旅行用の飛行機は、タイムマシーンのようなものであり、数十年昔、数百年昔を訪れることもできれば、未来社会にいたりつくこともできる。そして、そのことによって、私たちは歴史を体験化し、自由に手をふれるような熱い想いを味わうこともできる訳です。

ベイルートに潜伏し、PFLPのゲリラの地下組織で、革命のために奔走している重信房子さんの生きがいは、観光ビザが約束してくれたものであり、その政治革命によってもたらされる自由が、たとえ幻想にすぎないとしても、実に長い長いツーリズム（観光旅行）であるということができるでしょう。

＊

本章は少しむずかしくなってしまったかも知れません。

私の言いたかったことは、カメラをぶらさげた何の目的もないひとり旅は、青女にとって、自由へあこがれる第一歩であり、きわめて形而上的なものである、ということです。

エンツェンスベルガーの引用によると、

「停車場から出発したのでは、決して自由に行きつくことはできない」そうですが、ツーリズムがあなたにもたらすのは、そうした行きつくことのない自由のイメージをふくらましてくれるというたのしみです。何しろ「自由とは自由をさがすこと」なのですから。悪い虫がつくことなど怖れるにたりません。怠惰な習慣と、退屈な日常の反復よりも悪い虫なんて、この世にいる筈がないのですから。

そして、大量生産される消費としての団体旅行のあく

夜があけたら
一ばん早い汽車にのって
出かけよう
浅川マキ

びとハードスケジュールから解放されて、むしろ危険な一人あるきをこそ、すすめたいと思うのです。

第四章——家事

「サザエさん」の性生活について考えたことがあります。

長いあいだ読んできたマンガの女主人公、そしてもっとも平均的な日本の主婦でもあるサザエさんのマンガの中で、サザエさんは一度もセックスをする場面や、夫のマスオ氏と愛を語りあう場面を見せてくれません。

＊

「サザエさん」の単行本数十冊の中で、サザエさんとマスオ氏のふとんが二つ並べて敷かれている場面がたった一度だけ出てきます。(それによって読者は、この夫婦がベッドではなくふとんに寝ていることと、ダブルではなくツインで、べつべつに寝ていることを知らされる訳です)

この場面、「あなたッ！　もう起きてよ。もう何時だ

サザエさんが、なぜ性生活を公開しないかについての謎ときに興味のある人は、ぼくの「家出のすすめ」を併読してください。

と思っているのッ」

というサザエさんの金切り声と、寝ぼけているマスオ氏のパジャマ姿が出てきて、性描写とはまるで縁の遠いものになっています。マスオ氏はムコであり、いつも性的フラストレーションがあり、そのため「のぞき」「ちかん」に類する失敗を演じては読者を笑わせます。マスオ氏は典型的日本のサラリーマンであり、メガネをかけ、カメラを持っています。

＊

サザエさんの生活の中心となっているのは家事です。その点では、サザエさんはきわめて熱心であり、読者はしばしばサザエさんが妻なのか家政婦（お手伝いさん）かと間違えそうになります。

サザエさんはいつも生活に追われており、ほとんど読書も旅行も音楽鑑賞もしません。余剰生命の充足とか、思索といったことはほとんど縁遠い存在なので、自分の現在の生活に疑いを持たないのです。

しかし、お人好しのサザエさんを例外とすれば、大部分の主婦は家事に不満を持っています。

私たち天井桟敷が、パリで「毛皮のマリー」という劇をやったあとの打上げパーティに集まったマドレーヌ・ルノーや、ジャン・ルイ・バロー、フェルナンド・アラバールらは、口々にその日創刊された女性解放新聞「雑巾は燃えている」のことを話題にしていました。席上で、みんなに同紙をくばっていた発起人の一人の女優のデルフィーヌ・セイリグは、

「これを出すまでに十年かかった」

と言っていました。

同紙の内容は他でも書いたので省きますが「家事よさらば」といった内容で、女にばかり洗濯、炊事、掃除、

育児を押しつけている男中心の社会に痛烈に怒りを叩きつけた、マンガ入りの女性解放新聞なのでした。

パリだけではなく、ニューヨークでも、この種の新聞や運動は年ごとにふえており、わが国でも、近頃ようやくウーマン・リブなどということばがきかれるようになってきました。三木草子という黒人民謡を研究する若い女性は、

おいしいごはんはすきだ
清潔なものを身につけるのはすきだ
ほころびはつくろってあった方がいいけど
毎日あんたの帰宅にあわせて
食事の用意をしなければならないのは苦痛だ
洗濯より興味をひくことがあるのに
追いたてられるようにあんたのものまで洗わねばな

らないのは苦痛だ
小学生の男の子でもできるようなつくろいを押しつけられるのは苦痛だ
したくないことをせねばならない苦痛は奴隷の苦痛だ

と書いています。

ここには、家事一切が女に押しつけられている現実、釘づけされた日常への不満がのべられている訳です。彼女は、さらに「あんた」も、

腹がへったら料理をし
身ぎれいにしたければ洗濯をし
ボタンがとれたらつければいいのだ
下手であったら上手になったらいい

　　それが自由というものだ
　　女にたよることなんかない

というのです。そして、実際の日常生活でも、
私の仕事①食事の用意②洗濯③針仕事④トイレそうじ
彼の仕事①皿洗い②日曜日大そうじ③大工仕事④フロそうじ、と分けているというのです。
この詩の根底に流れているのは、きわめて女性的なものです。男と女、夫と妻というかたちで、二人が共有の「家」をもったことは何であったのか？
一人より二人の方が安くなるという方便にすぎなかったのか――ここにも、二人一緒にいなければならない共有のイデー、幻想、そしてまた愛といったものについて語られていないのです。
「追いたてられるようにあんたのものまで洗わねばなら

靴の中にすむ婆さん
は子供がどっさり、始
末がつかない。
お粥ばっかり、パン
も何もやらず、
おまけに、こっぴど
くひっぱたき寝てい
ろ！　寝ていろ！　と
どなりちらす。
マザーグース

ない」というとき、洗濯物という一塊の衣類が「あんたのもの」「わたしのもの」と分類され、お互いの自由というのが「あんた」「わたし」の境界をはっきりと区分しあって、「自分のことは自分でする」のが自由であるというのでは、あまりにも身勝手という気もするからです。

＊

現状では「サザエさん」一家の家計は、マスオ氏の収入によって成り立っています。経済が夫にだけ依存しているあいだ、女にはほんとの自由がないのであり、夫と妻の家庭内での平等性は、相互の経済的自立を前提としなければ話になりません。

＊

ところで、三木草子さんは、なぜ好きでもない炊事や洗濯をするのでしょうか？

ただ食べるだけなら、「あんた」と二人で近くの食堂へ行けばいいし、「あんた」のものを洗うのが面倒くさかったら、洗濯屋へもっていけばいいのです。家事の代行は、だれにでもできるのであり、マイホームのテレビを見ながら、二人でミソ汁をすすりあうことに幻想をもっているのでなかったら、こうした家の中での仕事を家の外へ持ち出してしまった方がいいのではないか、と思われます。

＊

だが、そうするにはお金がかかる、というのなら問題は簡単です。

経済力のなさが家事による抑圧を生みだしているのだから、サザエさんたちが台所をとび出して、マスオ氏同様、働きに出ればいいということになるからです。

そして、二人にとって「家」というものが何であるのかを、もう一度考え直してみればいいのです。むしろ、問題は経済力のあるなしにかかわらず、炊事、洗濯、裁縫は「家」の中でするべきだ、と思いこんでいる人たちの場合なのです。それはダフニスとクロエが、草の中で二人だけの生活をはじめたときからの「家」の形而上学の歴史であり、「自分の作り出した世界状態の中で生きたい」という共有の幻想をもった二人の場合、家事の問題は複雑です。

*

私は、今日のように合理化され、文明の中に組み込まれてしまった社会では、ロビンソン・クルーソーのように生きたいと思っても、無理だということを知っています。

自分のはきものをじぶんの手で作ったロビンソン（しかし、今では靴屋がはきものを量産します）

自分の火を、石と石を打ちつけて作ったロビンソン（しかし、今ではマッチ、ライターが安く買えます）
自分の食べる魚を沖まで釣りに行ったロビンソン（しかし、今ではスーパーマーケットに冷凍の魚がありあまり、市場では生きた魚が山積みされています）
自分の「時」を知るために、砂の上に棒を立てておいたロビンソン（しかし、今では腕時計から目ざまし時計まで、「時」が量産されつつあります）
自分の腰布を川まで洗いに行ったロビンソン（しかし、今ではスイッチ一つで電気洗濯機が洗ってくれます）
家事とよばれているものの大部分は今では代理 Stand for でまにあうようになってきつつあるのが現代の特色です。
こうした時代に、すべてのことを代用させても、どうしても代用させることのできぬものが、愛であると思わ

家は建築物ではない。二人にとっての思想です。

れます。

なぜなら、愛だけは「代りに愛してくれる」施設も代理人Stand inもいないからです。そして、もしも、「家」を二人で持とうと決心したならば、二人にとって家事とは、洗濯や掃除、炊事のように他のものでまにあうようなものではなく「他では代用できない」ものであるべきではないでしょうか？

＊

青女のあなたが、もしもどうしても結婚し、家をもとうと思ったら、そのときには「家事」が経済の貧困のヒズミとしてではなく、その「家」で、しかも二人以外の人間には決して代行のきかぬ行為をどのように分担しあってゆくかという、愛の政治学の問題であるというのが、私の考えなのです。

第五章——出産

人口がどんどん増えているそうです。

このまま放っておくと、地球の限られた資源は尽きてしまうことになるでしょう。

食料は不足し、大気の汚染によって酸素も不足し、人類は滅亡してしまいます。

何とかしなければなりません。

＊

そこで世界連邦会議では、

「今から三〇年間、赤ちゃんを生んではならない」という決議をしました。「いかなる理由によっても、出産した者は法違反者として、死刑に処する」

という、きびしい決議です。

そうでもしない限り、人口は増える一方で（実際に、今でも何秒かに一人ずつ、世界のどこかで、新しい赤ちゃんが生まれている現状では）――救いがないからです。

これが、マイケル・キャンパスの作った映画「赤ちゃんよ永遠に」（Zero Population Growth）のトップシーンです。

「赤ちゃんを生むと死刑になる」

という布告は、全女性に恐怖をもたらします。なぜなら、母親になる瞬間こそが、女としての幸福への第一歩だと考えている女性は少なくないからです。

私の知っている女子大生などは「何をしても満足できない。セックスではオルガスムスなどは得られっこない。たぶん、赤ちゃんを生む瞬間の激痛だけが、唯一のオルガスムスになるんだと思うわ」

と、出産に夢を托していますが、彼女などもさしずめ、こうした出産禁止令を出されたら、生きがいを失くしてしまうことになるでしょう。

＊

そこで映画では、赤ちゃんに代るものとして「赤ちゃん人形」を登場させます。それはほんものの赤ちゃんそっくりで、性格のタイプもいくつかにわかれており、体温もあり、母親の名を呼んだり甘えたりする（ときには、子供のかかる病気にもかかることもある）という、精巧な玩具です。

政府では、その「赤ちゃん人形」を支給することで、女性の母性本能をなだめようとするわけですが、それでも「こっそりかくれて赤ちゃんを生もう」とする若い母親も少なくないのです。

ジェラルディン・チャップリンの演じるヒロインもその一人です。

彼女は、あえて避妊処置をせず、夫にも内緒で「赤ちゃん」を作ってしまって、四か月目にはじめて夫に打ちあけます。そして、夫は見つかれば死刑にされることを覚悟の上で、二人で赤ちゃんを生むことに同意するのです。

それから夫と妻の涙ぐましい苦心がはじまります。地下防空壕を改造した出産室に、こもりっきりの妻。「妻と別居中だ」とうそをつく夫。難産。そして、ようやく生まれてくる赤ちゃん。

この映画では、赤ちゃんを生むことは、きわめてヒューマンな人間の欲求であり、それを中止させようとする世界連邦の決議は、ファシズムの圧政のように、えがかれています。

＊

ところが、このほんものの赤ちゃんに、隣人の夫妻が気がつくのです。

ビアスの「悪魔の辞典」では赤ちゃんは、「それ自体で何の感情ももたずに、まわりの人たちの愛憎をはげしくかきたてる生きもの」となっています。

彼等もまた、ほんものの赤ちゃんを欲しがっていたところなので、「秘密にしておいてやるから、抱かせてほしい」と言い出します。

隣人の妻は、「赤ちゃん人形」を捨てて、ほんものの赤ちゃんに愛情をそそぎはじめ、赤ちゃんの奪いあいがはじまります。

一刻でも長く赤ちゃんをそばに置きたがる隣人の妻と、「ほしかったら自分でも生めばいい」と言うヒロインとのあいだには、もはや「人口増加」とか「人類の滅亡」といったことへの配慮などありません。こうして、映画は、思いがけぬ方へと発展してゆくのですが、私は未来世界をえがきながら、人間の心の動きだけはとても古いもののように感じました。

この映画の主人公たちは、しきりに、

「私の赤ちゃん」
「俺の赤ちゃん」
と所有権を主張します。

しかし、赤ちゃんもまた人間である限り、だれのものでもなく、自分自身のものである筈です。

人間が人間を（道具や玩具のように）所有しようという考えは、ほんとは間違いなのです。過ぎ去った時代には、子供は母親の私有財産だったこともあります。

そのことが、母親の（子供全体に対してではなく、わが子だけに対しての）偏愛を生み、歪《いびつ》な母性愛の原因になりました。

しかし、赤ちゃんは特定の人間の私有物であってはならない――一人の成人として社会に送り出すまでは、両親、看護婦、医師、教師、友人、あらゆる人のさまざまな愛情によってあたたかく見守ってやるべきものです。

父さんが婿さんをくれた！
まあ、何てひと！
このちんちくりん！
父さんが婿さんをくれた！
まあ、何てひと！
何てちびなの！

マザーグース

＊

むかしからよくある「まま子いじめ」の話は、「私の赤ちゃん」ではないというだけの理由による子いじめの話です。母親のわが子への偏愛は、よその子への偏憎と表裏をなしています。

つまり、「わが子がいちばん美しくある」ためには、「よその子がみにくければよい」ということになる訳で、ここでなされる「わが子」「よその子」という差別が、ヒューマンなように見えながら、実はきわめていかがわしいものではないか、と思うのです。

何年か前に、上野動物園の園長をしておられた古賀忠道さんが、こんなことを話してくれました。

「胎盤の温度が同じだと、動物のお腹を借りて出産することができる。

つまり、石坂浩二と浅丘ルリ子が結婚し、浅丘ルリ子が妊娠した。ところが、十か月も赤ちゃんをお腹の中に入れておくことができない。

大きなお腹はみにくいし、それに仕事にもさしつかえる――というときには、赤ちゃんの入った子宮を、そっくり他の動物のお腹へ移植するのです。

つまり、一時的にお腹を借りる訳です。

そして、赤ちゃんが生まれたら、子宮だけ返して貰うのです」

私は、この話をきいたとき、びっくりしてしまいました。

動物がにんげんの赤ちゃんを生むなんて、そんなことがある訳ないし、あっていい訳がないからです。

古賀さんは笑いながら、

「勿論、これは可能性としての話であって、実際にある訳でもないし、あった訳でもありませんがね」と言いました。

私は、従来の母性愛が「自分のお腹をいためた子」ということから来ているのだとしたら、「お腹をいためないで子を生める時代が来たときには、母性愛も変ったものになるでしょうね」

と言い、

「ところで、人間の胎盤にもっとも近い温度の動物って何ですか？」

ときくと、古賀さんは、

「ブタですよ」

と教えてくれました。

つまり、石坂浩二と浅丘ルリ子の赤ちゃんが、ブタのお腹から生まれてくるという、世にも不思議な出来事だって、日常化しないとは限らないのです。

このことは、やがて訪れてくる未来世界が、私たちの想像を絶するものであるかも知れない、という教訓をふくんでいます。

自然科学的な客体としての人間存在などは、きわめてあやふやなものなのです。

＊

人間の親子関係も、むかしのように暗くじめじめとした血縁的なつながり、人間相互の私有関係から、次第に社会のなかでの選択自由の愛情関係へとうつりかわりつつあります。

自分の親だから老後を看てやるという発想は、「自分の親でない人の老後は看てやる必要はない」という考えにつながりますが、

「老人が好きだから」

あるいは、

「老人がとてもかわいそうだから」

老後を看てやるという大きな思いやりは、もっと素朴な本心の声の中にあります。

そこには「私の」「俺の」という但し書がないだけに、ほんものの情念が感ぜられるのです。

＊

もう、いいかげんに「私の赤ちゃん」「私のお母さん」という個人的な思い出を、押しつけがましく宣伝するのは、止めにしたいと思います。

ひとは何時も、自分自身のものでしかないのであり、そこから出発した思い出だけが、コミュニケーションの回路に辿《たど》りつくことができるのです。

そう思って書いたのが、

時には母のない子のように
だまって海を見つめていたい

という例の歌だったのです。

第六章――化粧

女の子はなぜ鏡を見るのが好きなのでしょうか？

鏡の中にうつっているのは、自分なのでしょうか、それとも自分とはべつの「もう一人の女」なのでしょうか？

＊

「わたしは自分の鏡のまえにいる。わたしはもっと美しくなりたい。わたしは獅子のたてがみと取っ組む。くしの下から火花が散る。黄金の光線のように突立った髪の毛のまん中で、わたしの顔はまるでお日さまのようだ」

これは十九世紀の女優セシル・ソレルの手記の一節です。

光景は、目に見えるようにあざやかです。しかし、鏡の中にいる「お日さまのようなわたし」を、うっとりと見ているもう一人の女は一体誰なのか？　それもまたわたしなのか、ということが問題です。

わたしというのは、いつの場合でもかけがえのない「唯一者」であります。しかし、観察しているわたしと、観察されているもう一人のわたしとのあいだの分裂について考えてみることは、女の幸福について論じる場合には、とても重大なことのように思われるのです。

＊

女の子は、誰でも人形を可愛がります。ときには人形に名前をつけるだけではなく、人形と添寝し、人形と一緒に食事し、人形を浴槽で洗ってやり、人形の具合が悪いと病院に連れて行ったりもします。このことは、女の子が自分の分身をつくって、自分を外から眺めたいという願望だと思われています。

自分と人形とで、「二倍生きたい」という欲ばった考

えは、外から見るといじらしく、また可愛らしくも見えます。ボーヴォワールは『第二の性』の中で、

「わたしはお人形を愛した。いのちのないお人形に、自分のいのちをわけ与えてやった。お人形もいっしょに毛布と羽ぶとんで包まなければ、暖かい夜具にくるまって眠る気がしなかった。わたしは二つに分れた純粋の孤独をしんから味わいたかったのだ……いつまでも純粋に、倍も自分自身でありたいというこの望み！」というノワイユ夫人の自叙伝を引用し、これが女のナルシズムであると書いています。女の子は思春期に入ると、人形との添寝を止めて、鏡の魔法の助けをうける。これは、自己から分離し、また合体するための努力であるというのがボーヴォワールの意見なのです。

＊

しかし、私には「自分から分離し、また合体するため

の努力」が女性特有のものであると言い切ってしまうことは、少し乱暴なような気がします。「男は行動しなくちゃならないから自己と対立する。女は無力で孤立しているため、自分を位置づけることも自分の尺度をはかることもできない」というのは、あまりにも女と男を概念的に割り切りすぎた考え方です。

女も行動しなきゃいけないし、男もまたしばしば無力で孤立しています。それは「性」の問題であるよりは、個人とそれをとりまく世界状態の問題なのです。

一人の名もなく貧しい男のことを考えてみましょう。彼には退屈な労働と、ありあまる家族と、借金と、そして持病があります。宝クジにでも当らない限り、そうした「生活」から脱け出すことができません。

ところが、当るかどうかわからぬ宝クジなどに投資する余裕もないのです。こうした場合に、世の中と彼との関係がうまくいっていないということになる訳ですが、世の中か彼かどっちかが変らない限り、明日も明後日も、そして来月も、来年も、同じようにみすぼらしい生活がくり返されることは、あきらかです。

では、世の中は簡単に変る（変えられる）ものでしょうか？

一人の名もなく貧しい男にとって、政治的変革のための運動にとびこむことは、いわば必然かもしれませんが、「遠まわり」であることはあきらかです。

彼のどのような献身的な参加を得ても、政治的変革が、簡単に遂げられないということは、プレハーノフの「歴史における個人の役割」などにも、ていねいに書いてあります。

＊

そこで、世の中を変えるのは難事だから、自分が変る、という考え方について考えてみましょう。

人は誰でも、「自分自身であること」についての満足と同時に不満を持っています。そして、自分がいまとちがった人生を選んでいたら、もっと幸福になっていたかも知れない、という心の動きが彼に変身をそそのかします。

内気な男が突然、サングラスをかける。長髪にしはじめる。髭をはやしてみる。カツラをかぶる。近頃、デパートの一角に、「変身コーナー」ができている現実は、自分で変りたいと思っている人たちの増加と共に、政治的参加の放棄と敗北の反映だと、言えないこともないようです。

そして、女の化粧も、本質においては同じものだというのが私の考えです。

「倍も自分自身でありたい」という望みも、つきつめて男の子は化粧すると怪人になります。「怪人二十面相」は化粧の名人でした。ところが女の子は化粧すると美人になるのです。

プレヴェールの詩集やジャクリーヌ・フランソワのレコードも化粧品の一種にかぞえられます。ときには政治革命についての思想も化粧になることがあるのです。

ゆくと人形と自分とのちがいをたしかめることであり、「自分が変るのはこわいから、分身である人形を変身させてみる」

という女の子の欲ばりのようなものだ、ということになります。

化粧して恋を語り、素顔にもどってお金をかぞえる——という女の子の二面性も、実は素顔の現実から化粧した虚構の世界への「変身」としてうけとれば、世の中との関係を彼女なりに操作しているのだと考えられます。

整形美容から、モードへの関心。メイクとヘアスタイル、といったことに熱中する女の子をつかまえて、「外形にうつつを抜かすよりも、内面の美容を！　書物や音楽こそは最大の化粧品！」

という知識人たちのことばも、この場合にはいささか場ちがいの感をまぬがれません。外形の化粧、変身術といったことは、単に社会との関係の操作の問題であって、自己形成の本質ではないからです。

化粧やメーキャップを要求しているのを「内面の声」だと思うのは、女性をきわめて概念としてとらえたものだと言わねばなりません。（勿論、一人の女の肉体の中にも、社会が棲《す》みついていて、彼女に化粧することを要求したりもしますが）化粧の本質は、あくまでも社会との関係によって生成されるものであり、生活のための戦略であり、他人から「見られること」を前提としたものです。女たちの化粧やメイク、ヘアスタイルを決めているのは、いつも男の目であり、彼女とかかわりを持つ他人の美意識であり、とりのこされて世の中と自分との宿命をなげいているのが素顔というわけです。

＊

たとえば、一人の女が無人島で生きなければならないとしても、化粧するでしょうか？

勿論、化粧することでしょう。なぜなら、彼女は無人島に一人で生きることなどできないから、化粧した自分と素顔の自分との「二人暮し」をしようと考えるからです。

水にうつった自分の顔を見るほかに、にんげんの顔を見るたのしみがない女にとって、自分の顔は「他人の顔」になります。あるいは、自分の顔を見つめる目は他人の目になります。そうしたものである限り、化粧は（政治変革のレベルでの非力さの反映ではありながらも）女の一生にとっての社会化とアイデンティティの問題をはらむ、想像力の表現だともいえるようです。

一言でいってしまえば、私は化粧する女が好きです。そこには、虚構によって現実を乗り切ろうとするエネルギーが感じられます。そしてまた化粧はゲームでもありもしも無人島へ行くとしてたった一冊だけ書物をもっていけるとしたら、あなたは何を持ってゆきますか？

ます。

顔をまっ白に塗りつぶした女には「たかが人生じゃないの」というほどの余裕も感じられます。

化粧はしばしばエロチックですが、それは「それをしなくても生きてゆける」余剰文化に属するものだからとも思えます。化粧する女は、さみしがりやです。一人では、生きられないから化粧するのです。化粧を、女のナルシズムのせいだと決めつけてしまったり、プチブル的な贅沢だと批判してしまうのは、ほんとうの意味での女の一生を支える力が、想像力の中に在るのだということを見抜くことを怠った考え方です。虚構をもたない女なんて、退屈な家政婦にしかなれないでしょう。

「家に帰ると、わたしは服をぬぎ、まる裸になり、まるではじめて見るように、自分の肉体の美しさに目を見はる。わたしの彫像を作らせねばならない」（マリー・バ

シュキルツェフ）

こうしたナルシズムが化粧人格を歪めてしまうことになるのです。彼女は社会に生きながら、自分の中にもう一つ他人を棲ませて無人島生活者のように孤絶しようとしています。しかし、自給自足なんてばかげた考え方です。世の中には、男は一杯いるのですから。

第七章——情熱

女の子は映画が好きです。

そして、どんなにソバカスだらけの子でも、ドングリ眼の子でも、恋愛映画を見たあとで映画館をでてくる時には、やや伏し目がちに、うっとりと（まるで自分が今まで大恋愛をしてきたヒロインででもあるかのように）歩きます。

自分が足でドアを開けたり、映画館の化粧室の鏡とにらめっこしてニキビをつぶすような「怪物」であることを忘れて、スティーブ・マックイーンやアラン・ドロンの恋人になっているような、錯覚を抱いているからです。

このことは、男の子が勝新太郎の座頭市ものを見たあとで、目を細くして、人を二、三人斬ったような顔で、肩をいからしながら映画館を出てくるのに似ています。

足長じいさん
祈りもいえない。
左脚つまんで
ほうり下ろせ。
マザーグース

つまり、男の子も女の子も「映画の中の主人公になりきっている」のです。だが、一夜明けると、映画のストーリーと自分の人生は、まるで違うことに気づき、単調で平凡な自分の日常性に目覚めて唖然とするわけです。

＊

おかしなもので、女の子の多くは「自分の現在の生活は仮の生活で、本当の生活はこんなものではない」と思っています。

きっと、どこかに自分の本物の人生が存在していると思い込むのは、ロマンチックなように見えますが、本当は怠け者の証拠なのです。怠け者は、いつでも自分の人生の代理人を探しています。

自分の人生の為に、（自分に代って）いろんなことをしてくれる人をです。ロビンソン・クルーソーが、自分の食べる魚を自分で釣り、自分の履く靴は自分で作らなければならなかった、ということは前章で書きました。しかし、食物探しや、靴の製造のようなことは、代理人に任したってかまわない。なにもかも自分の手でやるには人生はあまりにも短かすぎます。ただ、こうして、いろいろなことを「代理人」の手に任せる社会のしくみは、決して他の人に任せられないことを自分でするため、その「時間を貯《たくわ》える」為だということを忘れてはいけません。

「代理人」を必要とするのは、自分自身の成長のための方便のようなものです。ところが今では本末転倒してしまって、すべて、代理人に任せ、愛することも、死することも、すべて「代理人」次第という人が実に多くなってしまったのです。

＊

「それでは、映画を見る楽しみも、自分自身を放棄するぼくは子供の頃、じぶんの代理人はハンフリー・ボガートだと思っていました。大人になって、それがまちがいだとわかったのです。

ことだと言うのですか？」

と女の子が聞きました。

「そうではありません。主人公になり切ること、の中にとても危険なものが潜んでいると言いたいのです」

「どうしてですか」

「映画スターというのは、代理人です。そんなに美人でもなく、そんなロマンチックな境遇にもいないと思い込んでいる女の人たちに代って恋愛の楽しみを味わわせてくれようとします」

「でも、それで見る人が恋愛の楽しみを味わえるなら、いいではありませんか」

「ほんとの恋愛ならば、それもいいでしょう。だが、あなたはスクリーンの中に入ってゆくことができますか？あれは、光と影です。主人公はあなたの願望が生み出した幻想です。そして、二時間もすれば、跡形も無く消えてしまうのです」

「それでも、見る人にとっては、とても充足した二時間だと思うのです。

本物の恋愛はそんなにいいものじゃないかも知れません。

それならば、たとえつくりものでも、確実にカタルシスできる恋愛のほうが素敵だと思うのが女心というものです」

「なるほど。

あなたは映画を見る楽しみを奪うな、と言っているのですね。しかし、ぼくが言いたいのは、スクリーンの中には本物の人生がない、ということなのです。

スクリーンを媒介にしてあなたが、アラン・ドロンや、ポール・ニューマンに恋したとしてもあなたを傷つけることはありません。あなたの味わうカタルシスは、自分の人生そのものから遠く離れています。どんなに陶酔があったとしても、それは『代理の陶酔』であって、明日からの生活を、経済的にも、法律的にも、性的にも変えることにはならない」

「あなたは今、本物の恋愛は映画ほどいいものじゃないかも知れない、と言いましたね。だが、どんな恋愛だって、自分が本当に没入できたら、映画のメロドラマより、ずっと素晴らしいかもしれない」

「それはロマンチックすぎると思います。今どき、女の子が恋愛などに、本当に『没入』などできるものでしょうか？

　恋愛ばかりじゃなく、どんなことにだって『没入』なんかできません。むしろ、しらけて、客観的で、クールです」

「確かに何事にも『没入』できない人が多くなってきて

います。これこそ、代理人社会の産物であり、自分自身の核を見失いつつある現代人の一般的傾向です。

自分自身の存在そのものが、現実なのか、あるいは架空なのかさえ疑わしくなっている人たちにとって、過剰な代理人は有害でさえあれ、何の益にもならないでしょう」

「では、どうしても本当の恋愛をするほうが、恋愛映画を見るよりも充実していると言うのですか?」

「そうです。

もし、それができないなら、自分が『愛さないのか』『愛せないのか』を徹底的に検討すべきです。『没入』できることは、実存できることです。そして、自分の恋愛はカトリーヌ・ドヌーブにも、ジェーン・フォンダにも代ってもらう必要なんかない。自分が傷つき、自分が歓び、そして、自分がうるおうのを味わうべきです」

ピーター、ピーター、
かぼちゃが大好き
けっこんしたけど、
おくさんにげた
かぼちゃくりぬき、
お家をたてて
うまくなだめて、ちやほやおもり
マザーグース

＊

ここに、ひとつの数字があります。

仮に女の一生を六十五年としましょう。女は六十五年間恋愛することができる、というのが私の考えですが、現実には女はそれほど自由ではありません。

結婚してから恋愛するのは、テレビで代理人のタレントが午後二時ごろから『よろめきドラマ』で演じてくれるだけで、実人生で演じようとすると、たちまち『事件』になります。まだまだ、一般的な夫は、妻の浮気には寛大ではなく、そのことが発覚すると離婚騒ぎか、愛の冷却化に向かうことになります。そこで『恋愛の自由』を、結婚までとすると、（結婚の平均年齢を二十四歳として、六十五歳のうち二十四歳以降を切り捨てることにしましょう）

それでは、二十四歳以前は恋愛が全く自由であるか、といえばそうでもない。十五歳までは恋愛は、大部分は『恋愛ごっこ』であって、他人というものの存在を自分との相互関係で捉えるには未成熟だということになります。つまり、まだ、人生の始まっていないうちは、恋愛も始められない。そこで、二十三から十五を引くことにします。

するると、女の一生のうちで、恋愛が自由にできるのは、わずか八年間だということになってしまうのです。その上、一日二十四時間のうちの三分の一（八時間）は眠っているので、恋愛できません。八年間のうちの三分の一（二年半）は除外されます。すると、正味五年半。それから、映画一本見る度に二時間ずつ引き、トイレへ行く時間を引き、買物をする時間を引くと、一体どれだけの時間が残るのでしょう。全く、命短し、恋せよ乙女、です。

ぼくは、自分自身の代理人であるべきなのです。

＊

ロシュフコー伯爵は、

「貞淑とは、情熱を怠けることである」

と言いました。

実際ふだん美徳だと思っていることだって、本当に自分が、自身の人生を形成しようとする見地に立って考えてみた場合、全く無意味だったり、妨げになっていたりすることだってあるのです。

一体、どこからどこまでを代理人に任せ、どこからどこまでを自分の手に奪還すべきか——ということを決めることが「情熱」の尺度になるのです。ベトナム戦争からアラブ・パレスチナ解放まで、何ひとつ代理人の手には任せられないと思いたって、自らを「兵士」と命名して出かけてゆく若者たちは、恐ろしく無駄なことをしているのかも知れません。

しかし、自分の人生を好きなように消費できる権利をこそ「自由」と名づけるべきです。

まだまだ、世間体や近所の噂《うわさ》、古い因習や道徳律、そして損得と安全に捉われて何もできないでいる若者たちが、その抑圧と不満を、スクリーンの中の代理人たちに晴らして貰っている現実がおおすぎます。

私は、何よりもまず自分が何を代理人に委ねているかを知ることから始めるべきだと思っています。

そしてその代理人の正体を見きわめ次第、代理人からの独立を宣言し、時にはささやかな「独立戦争」ぐらいを覚悟して、自由な女になるべきだと思うのです。スターばかりではなく、あなたの回りには実に無数の「代理人」がいるのです。

それと手を切って、もう一度「命短し、恋せよ乙女」。本当に情熱ということばの意味を提唱することが、情熱の始まりです。

第八章——らしさ

子供が母にたずねます。

「どうして煙草をのんじゃいけないの?」

すると母はきまって答えます。

「発育がとまるからですよ」

また、子供が母にたずねます。

「どうしてビールをのんじゃいけないの?」

同じように母は答えます。

「それは大人の飲み物だからですよ」

そして、必ず爆弾が落ちるのです。

「余計なことを考えてる暇があったら、勉強しなさい!」

＊

中学生から高校生にもなると、酒や煙草をのんではいけないことが医学的な理由によるものではないことを知るようになります。酒や煙草が体によくないのは「子供」「大人」の区別なく、ほとんど論じつくされた問題であり、同時にそれがドクター・ストップをかけられるほどの害ではない、ということもだれもが知っていることです。

「老人の煙草やビールが許されているあいだは……」

と、デンマークの中学生ヨハネスが、私に言ってくれました。

「ぼくたちの煙草やビールをとめる訳にはいかないさ」

ヨハネスは、中学校の水泳部のキャプテンで一メートル七〇センチの体の持主です。「スポーツマンがレコードを出すのは、きまって十代の終りから二十代へかけてだろ？」

とヨハネスは言います。

親父たちの時代には「頭を使って体を動かした」。だけど今じゃ、あべこべだ。「ぼくらは、体を使って頭を動かす」。

「つまり、その頃が一生のうちでもっとも肉体の充実してるときなんだ。それなのに煙草やビールを、〝医学的〟な理由で禁止しようとしても、説得力なんかもてないよ」

ヨハネスだけではなく、彼の中学校ではおおっぴらに煙草をのめるようになっていて、教室に灰皿がおいてあるのです。そこで、問題は「医学的な理由」にすりかえられているが、子供の禁煙禁酒のほんとの理由は「子供らしくない」からだ、ということがあきらかになります。パイプをくわえた子供、酔っぱらった子供は「子供らしくない」というのが、大人の考え方です。同じように、私たちのまわりには「らしさ」と「らしくなさ」とが無数にあり、「らしくない」ものは排除した方がいい、というのが秩序感覚であったり、モラルであったりするようです。

＊

たとえば「女らしさ」ということは、どうでしょう。長い歴史の中で、「女らしさ」を要求してきたのは男であったことを思い出してみましょう。

従順、おしとやか、ひかえめ、といった「女らしさ」の定義は、すべて男にとって都合のいいものばかりです。だが、キエルケゴールは書いています。「女であることは何たる不幸か！　しかも、女でありながら、自分がその一人であることを本当に知らないのは、一そうわるい不幸だ」と。

子供らしさが、大人の作り出した「子供観」にもとづいているように、女らしさもまた、男の作り出した「女性観」にもとづいていることはあきらかです。だから、それへの反動として出てくる「男まさりの女性」のタイプもまた「女らしさ」のネガチーブなあらわれ方にすぎ久しぶりにパリでデイトリッヒの「モロッコ」を見ました。男装のデイトリッヒには、うっとりしました。性倒錯は文明批評として咲いた毒の花なのだ。

ないということになり、男性を模倣してみたところで、それは「新しい女」でも何でもない、ということになってしまうのです。

＊

私は同性愛の女について、ときどき考えます。

少年時代に、宝塚歌劇のファンだった私にとって、男装の麗人はとてもかがやかしい存在に見えました。しかし、そのうちに、私が本当に好きなのは、「男装の麗人」の方ではなくて、姫君の方であり、「男装の麗人」については、彼女らがいることによって本物の男性が介在しないでいるから好感がもてるのだ、と思うようになったのです。

ボーヴォワール女史は、テイ伯爵のことばを紹介していますが、それによると、

「私は白状するが（同性愛の女の中の男役）は、競争者

としても、少しも腹がたたぬ相手だ。かえって面白く思う。

私は不道徳にも、それを笑ってすましていられる」

ということになります。

実際、「男装の麗人」もまた、競争相手ではなく、キッチュな見世物です。男装の麗人やレスビアン・バアにいる「男に変身したと思いこんでいる」女の子たちは、「らしさ」のパロディとして、なかなかの傑作である場合が多いようです。

しかし、彼女らの存在が「女の同性愛」を必要以上に特殊なものに見せているという事実も見のがしてはいけない。「男装の麗人」へのあこがれは、同性愛というよりは、むしろ異性愛の変型であり、「男になって」女を愛してみたい、という感情も、「女が演じている男」に愛されたい、という感情も、「女として、女を愛したい」

というのとは全くべつのものなのです。ボーヴォワールは「同性愛の女というと、男みたいなソフト帽をかぶり、頭髪を短く刈り、ネクタイをむすんだ姿を想像しがちだ。こういう女の男性風格はホルモン分泌の異常から来る変態をあらわしているのだという。性的倒錯者と男まさりの女性とをこのように混同するのは大へん誤った考えだ。トルコ王宮の女官や売春婦といったもっとも《女らしさ》を売りものにする女の中にも性欲倒錯症者はたくさんいる。その反対に《男性的な》女の多くは、性的にはちゃんと正常なのである」(LE DEUXIÈME SEXE)と書いていますが、正常と変態といった区別さえ、私たちをとり囲む社会状況、心理的歴史の副産物だということを考えてみれば、実にあいまいだということに気がつくでしょう。

＊

女の子は、なぜヒゲを生やしてはいけないのか？

といえば理由は簡単です。

生理的に生えてこないからです。

だが、生理的な条件と「らしさ」とをとりちがえてはいけない。

生理的条件は、あらかじめ与えられてあるものですが「らしさ」は後天的に作られるものなのです。

母らしさ、とは何か？　(子供に過保護になり、自分の生活を捨ててまで子供のおセッカイをやく母親と、生み捨てた子供が邪魔になって殺し、コンクリート詰めにしてしまう母親とでは、あまりにもちがいすぎます。

しかし、その中間をとって「母らしさ」をきめようとすると、それは一般的社会道徳への退行をあらわし、いつまでも同じような母親の類型を作りだすだけだということになってしまいます)

世界中がアップルパ
イで
海水がすっかりイン
キで
樹々がすべてパンと
チーズなら
私たちは何を飲んだ
らいいのだろう。

　マザーグース

同じように、人妻らしさ、女の子らしさ、姑らしさ、といったことについて考えてみると、どれもがただの統計学の生みだした概念であり、人妻、女の子、母といったものを固定化することを意味しているのに気づくでしょう。

＊

私は、まず「らしさ」からの脱出が、新しい女として生きるためのステップではないかと思います。

そのことは、何も突飛なことをしてみようという提案などではありません。真冬に裸で歩いたり、顔中に口紅を真赤に塗って歩いたりしても、それは「異常者」として、べつの「らしさ」の中に組み込まれるだけです。ここでいう「らしさ」からの脱出というのは、固定化しない、他人の生き方にとらわれない、ということです。

同性愛を例にとった場合、女の子同士が一緒に映画に行ったり、一緒に食事をしたり、お揃いのワンピースを着たりすることが、日常化しているのに、一緒のベッドで性行為することだけが特殊化され（病理学的に分析されたりするのは）偏見という他はありません。

性がタブーをとかれて、日常化すると同性愛に関する考え方は、まるでべつのものになってしまうでしょう。同じように、自分の親だけをいたわって（他人の親には関心をもたずにいられる）「孝行」という概念も、封建的な家制度がつくり出したものだということがわかるようになると、誰もあまり口にしなくなるでしょう。

男装したり、髪を染めたり、流行にうつつを抜かしたりすることも、「らしさ」ではなく「らしさ」のパロディとして、たのしまれるようになってゆき、女として生きることの喜びの質は、次第に「社会に参加している個人」としての生きがいへとかわってゆくでしょう。

「らしさ」を作り出してきたのは、政治がめざす一般化の思考です。「女らしく」などなろうとせず、「自分が女であること」の意味について、根底的に考えてみるとよくわかります。

女らしさ、などは存在しないのです。泳ぎながら料理をしたり、走りながら編み物をしたり、キスしながら唄をうたったりできるとは思いませんが、ともかくも「何でもできるのだ」ということに確信をもって下さい。

子供の頃、

赤い鳥あかい
なぜなぜ赤い
赤い実を食べた

と唄いました。「らしさ」なんてのも、実は、そんな簡単なことだったと思えばいいのです。

第九章——老後

退屈な女より
もっと哀れなのは
かなしい女です
かなしい女より
もっと哀れなのは
不幸な女です

と書き出されるマリー・ローランサンの『鎮静剤』という詩を知っていますか？
哀れな女がつぎつぎとあげられていって、最後のフレーズが、

死んだ女より
もっと哀れなのは
忘れられた女です

となってしめくくられる詩です。

この詩を私に教えてくれたのは、一人ぐらしの女教師でしたが、風の便りによると去年の暮に養老院で、身よりもなく死んだそうです。

＊

私はときどき、老年について考えます。

老年――とくに女の老年が哀れに見えるのはなぜでしょうか？

まず一つは、年と共におとろえてくる容色の問題があります。老婆は、どんなに化粧しても、じぶんがもう数十年前ほど美しくないことを知っている。ミケランジェ

なぞなぞ

――壁にかかっていると悲しくて、おりてくると陽気になるもの。

こたえ
――古いギター
ドイツのわらべうた

ロが書いたように、多くの老人たちは「わたしは早く過ぎてゆくわたしの日々とわたしの鏡によって裏切られる」のです。それは、美しかった青春時代をすごした者ほど顕著にあらわれます。かつて、街を歩くだけで男たちがじぶんをふり返っていった思い出を持つ老婆は、今のじぶんが「美しくない」だけではなく「みにくい」ということを知らされ、美しかった自分の青春時代に裏切られるのです。

次に、孤独の問題がある。老年になればなるほど、周囲の人たちが疎遠になってゆき、誰も話相手になってくれなくなります。表面だけは丁重ですが、できるだけ避けようとする人たちの前で、何とか好かれようとして、「新しい話題」を仕入れようと「話のタネ本」などを買いにゆくおばあちゃん。「話がわかる」と思われたいばかりに、少しばかりムリをして新しいヒットソングをお

ぼえようとするおばあちゃん。前にも何度か書きましたが、有楽町の駅のベンチに、

「誰か私に話しかけて下さい」

という札を胸からぶらさげて、一日中、誰かを待ちつづけている老人。こうした孤独な老人たちは、ますますふえてゆく傾向にあるようです。

＊

孤独な老年の不幸は、（あなたが早死にしない限り）ほとんど、宿命的にあなたにも訪れることになるでしょう。

いま、浴槽の中で見つめる青女の美しい肉体、艶のある黒髪、五月がやってくるとひとりでに唄でもうたいたくなる若さは、必ず失われるものです。そして、肉体的に衰え、経済的にも非力化し、社会生活の落伍者になりながら、依然として人間らしくありたいと願いつづける

ようになると、はたから見ていてもいじましく思われる。

孫娘の機嫌をとり、愛されるおばあちゃんになろうとおどけて見せ、遠慮がちに小遣いをせびり、かつて君臨していた台所を嫁に奪われたあとでも、まだ「家」の中の自分の居場所にこだわりつづけるようになる頃には、もう死がすぐ近くまでやってきていることに気づかぬふりすることは出来ないのです。老いは「社会の恥部」だという考え方、また老人は「動きまわる屍」だという見方は、あなた方（勿論、私をも含めて）、二十年先、三十年先を暗黒にすることになります。

＊

しかし、ほんとうに老後は救いのないほどみじめなものなのでしょうか？

私は老人学（ジェロントロジー）を、生物学的な老化現象と、社会生活とのつながりだけで考えるのには賛成ではありません。いままでの「老年」観は、つねに「古くなって酸敗した青年青女」、「役に立たなくなった壮年壮女」という風に、青年壮年を社会の中心として、機能的に見たものばかりでした。

（つまり青年青女を、人生の中心と見た場合には、少年少女は「未青年」であるから不完全、老年老女は「過青年」であるから役済み、という考え方に到着します。）

しかし、それは人生を単純化するだけで、何一つ創造することにはならない。

世阿弥《ぜあみ》は『花伝書《かでんしょ》』の中で、子供や青年の舞いは、どんなに美しくても所詮は「時分《じぶん》の花」で、季節のものであり、「まことの花」ではない、と書いています。世阿弥によると、能の「まことの花」は、生物学的な美をすっかり過ぎた「枯れ」の中にこそ見出されるべきものだ、ということになるわけです。しかし、この考え方もまた

「老年」を人生の中心と見ているだけで、「老年」の威を擁立するために、青壮年時代を犠牲にしているという点で、ほんものとは思えない。少なくとも、青年を「不完全で、未成熟な老人」と見ているだけでは、「老人を、古くなり役に立たなくなった青年」と見ているのを裏返ししただけで、同質のものだということになってしまうでしょう。

*

人生のどこかに「まことの花」を据え、他を「時分の花」として区別する思想が、疎外を生み出す要因になります。

「まことの花」など存在しないし、第一、存在するべきでもない。どれもが「時分の花」にすぎず、人生は不連続な季節のくり返しなのです。

*

テントウ虫よ、飛び去れ！
お前の家は燃えている。
マザーグース

古い『ライフ』誌をめくっていたら、かつて大列車強盗を働いた三人兄弟が、五十年ぶりで刑務所を出所したが、すでに八十代、七十代の老人になってしまっていたので、世の中が変ってしまっていた。

だれも相手にしてくれず、疎外され、「昔ばなし」ばかりしているうちに、もう一花咲かせたいと思うようになり、銀行強盗計画を立てて、実行した。

しかし、金を奪っても逃げる力がなく、息切れし、警官と撃ちあいになっても、手がふるえて引金がひけず、二人殺され、一人逮捕されて失敗に終ってしまった――というのです。

『ライフ』には、彼らの青年時代のギャング姿と、大列車強盗の写真、そして現在のよぼよぼの老残のポートレートと、銀行での撃ちあいの写真が並べて掲げてありましたが、これなどは「美しかった自分たちの青年時代に復讐された」実話の好例と言えそうです。老人が三人集まって、老人同士で計画したのが、昔と同じように「強盗計画」でしかなかったというところは、心に沁《し》みると共に笑わせる話でもありますが、彼らが「自分たちを、まだ青年だと思っていた」ところに、失敗の原因があったことは言うまでもありません。

＊

私は思うのです。一人の同じ人間の一生にあっても「青年」と「老人」、「青女」と「老女」は別人なのだ、と。

人生は、連続しているのではなく断ち切れており、人は一生のうちに「何人かのべつの人間」として生きるのだ、と。つまり、老後は、老人ばかりの「綱領のない共和国」を幻想し、老人ばかりの社会を構成することを考えれば不幸ではないのだ、と。

＊

福祉社会の幻覚が、老人を疎外させない施設を約束してくれます。しかし、同時に福祉社会ほど老人の自殺が多くなっているというのも、おどろくべき事実です。老人たちは話相手を要求しているのに、国家はひねるとお湯の出る蛇口や、少しばかりの年金を約束してくれるのです。

ここにはすれちがいがある。

＊

青女のあなたも、老後は嫁や孫にきらわれず、「家」の中にあたたかい座ぶとんとじぶんの居場所を要求することになるでしょう。しかし、あなた方がそうであるように、あなた方のあとから生まれてくる人たちも（たとえ「家族」という名でつながったとしても）決して老人を好きになってくれないかも知れません。

仲の良い嫁と姑、老人と青年という虚構は、双方の犠牲と辛抱によってしか保持されっこない。同じ食欲、同じ性欲——そして同じ文化を共有しない者同士は、どうしたって連帯などできっこないのであり、それを無理に果そうとするところから偽善的なヒューマニズムが生まれることになるのです。

霊柩車がごろごろ走るけど
お前の死ぬ番は分りゃせぬ

アメリカ童謡

＊

むしろ、老後は老後の快楽、老後の文化を持ち、おばあさんはおばあさん同士の社会の中で、自分の生き易い世界状態を作るべきです。

そして、青女たちとの出会いは、異文化との出会いのように考え、おどろきと違和感をかくし立てたりせずに、素直にもの言うべきです。少なくとも、私は老いたら、老いた友人を作り、青年たちの悪口を言いながら、「老人にしかできない」仕事をしたいと思っています。そのためには、老人ばかりのユートピア、老いらくのパノラマ島を作ってもいいくらいに思っているのです。「理解ある……」「話しのわかる……」というかたちで、片隅にわりこみながら、役に立たない青年としてアイデンティティを要求したところで、何になるというのでしょう。

＊

現代の不幸は、青年の社会を、老人が政治化している矛盾の中にあります。青年には政治の実権がなく、老人には社会生活の実質がない。

私は、青年青女と老年老女は、いさぎよくわかれよ、と言いたいと思います。虚構の思いやりほど残酷なものはない。おばあさんは、おばあさんの恋をし、おじいさんはおじいさんのための政治をすればいいのだ。

第十章——幸福

水前寺清子が唄っています。

女はかぞえて二十一
しあわせ一年あと不幸

大正時代の唄かと思ったら、タイトルは「昭和放浪記」。どうやら、あたらしい唄らしいのです。

そこで、「しあわせ一年あと不幸」ということはどういうことだろうか？　と考えてみました。生まれて一年をのぞくと、あとずっと不幸だったということは、もの心つく前から不幸だったたということになる訳ですが、そんなばかなことがある筈がない。

幸福とか不幸というのは、いわば思想の領域に属することであって、「金持一年あと貧乏」とか「美人一年あと不美人」というのとは違うのです。「幸福とは、幸福をさがすことである」というルナアルの定義を応用すれば「不幸とは幸福をさがさないことである」ということになる訳ですが、三歳や四歳の幼児には、さがすべき幸福がどんなものであるかなど理解できる筈がないではありませんか。

＊

少年時代、私たちは川のほとりに腰かけて、葦をくわえたりしながらとりとめのない会話をしたものでした。

友だちが、

——おまえはどんな女がきらいだね？

と訊《き》くたび、私の答えはきまっていました。

——不幸な女がきらいだ。

と、私は答えました。

王さまはおくらでお
金のかんじょう
お妃さまはおへやで
はちみつとパンをもぐ
もぐ
女中はにわでほしも
のほしてる
そこへツグミがやっ
てきて
鼻をパチン！　とつ
いばんだ。
マザーグース

――どうして？

と、訊かれると、

――きれいじゃないから。

と答えました。

実際、不幸な女というたび思いうかぶのは、髪のほつれた女、グチッぽい女、そして「幸福をさがそうとしない」女でした。そして、それは私の母のすがたでもありました。私は母が捨て児であったこと、貧しかったこと、愛にめぐまれなかったことなどを知っていましたが、だからといって自分がこの世で一ばんみじめな女だと思っていることには賛成できませんでした。なぜなら、「幸福をさがす」努力というものが、夫や財産をさがす努力だけだと思いこむこと自体に同感できなかったからです。

女を不幸にしているのは女自身である、というとウーマン・リブの人たちに叱られそうですが、しかし半分の真実ではないでしょうか？

たしかに女の社会的な地位は低かった。女は選挙権を手に入れるためにでさえ、長い戦いが必要だった。

（十九世紀のサフラジェットと呼ばれた婦人参政権運動の闘士たちは、自分のからだを鉄柵にしばりつけたりしてまでデモンストレーションしたというイギリスの例もありました。「女は家庭に」という意見が支配的な大部分の社会では、戦う女性は魔女として裁かれたし、女性が牛や馬のように売買された時代だって、まだまだそんな遠い昔になっていないのです。

一九一三年の英国のダービーで、走ってくる一団の馬の前に立ちふさがって、自ら国王ジョージ五世の持馬に蹴殺されて死んだエミリー・デキソンは、命をかけて婦人解放のためのデモンストレーションをした闘士として知られています。）

イギリスではダービーがそれほど社会的影響力のある行事なのです。

わが国ではダービーと総選挙を同じ日にやるようなおろかな王さまもいましたが。

しかし、だからといって十九世紀の女たちは不幸だったという言い方は適切ではありません。社会的に抑圧され、差別されていた女性たちは、男性にくらべて地位が低かった。そのことは、女性の貧しさにもつながっており、発言の機会も少なく、不平等であるための不合理さはずい分あったとは思うのですが、そのことと「幸福」「不幸」とを混同してしまうのはよくないことです。

＊

オンボロ人生にも幸福はあります。

ジュールス・ダッシンの「日曜はダメよ」という映画では、メルナ・メルクーリの演じる娼婦が、日曜日には休業し、一週間のあいだにじぶんと寝た男たちを全部招いて一緒に食事をします。それから、揃って海へ泳ぎにゆくのです。

彼女は娼婦なのに幸福な女ですが、同じ娼婦でも「吉

原エレジー」ともなると、

月を眺めて目に涙
あけるも年期をまつばかり

となるのです。

財産があり、親子そろっているのに不幸な女というのは少なくありません。スウェーデンのように福祉国家で、物質的には充足していながら、ある日自殺してゆく人たちの不幸――(しかも福祉国家ほど自殺が多いという統計学的な現実)は、幸福や不幸が、必ずしも政治の問題ではないのだということを物語っています。

勿論、私は女性が社会的に差別されている状態が、今のままでいいなどと言っているのではない。むしろ、逆です。女性の社会への関心は、まだまだ少なすぎるし、より強く主張し、かちとらねばならぬものが一杯あることは認めたいと思っています。そして、何よりも女性の経済的自立を前提とした政治参加といったものを、本気で考えてほしいと思っています。

だが、そのことと「幸福」の問題を混同してしまうのは、正鵠《せいこう》とは言えません。幸福の問題を政治化してしまいがちの、多くの女性解放論者たちは、「政治的な解放というのは、部分的な解放にすぎない」ということを知ってほしいと思うのです。

幸福ということばを軽々しく口にする人たちも、いざ幸福を定義づけようとすると口ごもりがちになります。

〔幸福〕満ち足りた状況にあって、しあわせだと感じること。

というのが岩波書店の〈広辞苑〉の中の、幸福の定義です。

だが、これでは全く幸福の実体にふれているとは思えない。〔満腹〕だって、同じような定義でまにあうかも知れないではありませんか。

「幸福とは何ですか？」

ときかれると、大部分の人は答えます。「満足」「眠ること」「不安のないこと」「お金のあること」などなど。しかし、こうした答えは、幸福が休息、金、異性などの代用品としてしか考えられていないことをあらわしているにすぎません。

一体、幸福とはどれ位の重さで、どれ位の長さで、どんな色をしているのだ。

ロバと幸福とでは
どっちの耳が長いか

中古のピアノと幸福とでは
どっちがいい音色を出すか

マドリッドと幸福とでは
どっちが北にあるか

駅馬車とランナーと幸福とでは
どれが一ばん早いか

涙と幸福とでは
どっちがあたたかいか

こうしたクイズにだって、答えてくれる人はおそらくいないでしょう。

*

おじいさまが言いました。「幸福と降服とが同じ発音だということに問題があるのではないかね」

女の子ならば、だれでも幸福について知りたいと思っています。だからこそアランの『幸福論』やヒルティの『幸福論』が、よく読まれるのです。

だが、アランにしてもヒルティにしても、人生にくたびれた人たちをなぐさめてくれるばかりで、何かを創造する機会に立ちあってくれる訳ではありません。彼らは、世の中と読者との折合いがつかなくなったとき、世の中を変革して自分に適応させるのは大変なことだから、読者自身が変ることで世の中に適応しなさいと教えているのです。このようにして、古典的な幸福論者は必ず、孤立した個人の内部への退行をすすめ、心の問題としてこれを扱おうとしがちです。しかし、心と想像力とを混同してはならない。幸福はあくまでも想像力の産物であって、孤立した個人の内部の退行現象ではないのです。

私は、幸福の科学というものを信じるまえに、地球の運行がきわめて偶然的なものだという定義を思いうかべます。科学的必然性としての歴史と、幸福とはかけ離れたところにいて、お互いに監視しあっている、というのがほんとです。そして、幸福は歴史のなかの偶然的な要素を、想像力によって組織してゆく力だといってもよろしい。それは、あくまでも思想的ないとなみを媒介として生成されてゆくものであって、待っていればいつか訪れてくるものではないのです。

古い書物のなかの青い鳥は、撃つべし、です。

そして何よりも「幸福をさがす」ことからはじめる以外に、幸福になる途など存在しないということを、知るべきなのです。

第十一章——おかね

もしも心がすべてなら
いとしいお金は何になる

と、マヤコフスキーは詩に書きました。

たしかに、人はお金だけではしあわせになれない。経済的幸福も政治的解放も、人間の全体の幸福や解放の中では「部分的幸福」にすぎません。

そのために物質的に充足した社会では「心の問題」が大きくクローズアップされるようになってきたのです。

「ヨーロッパでは、金持の自殺が多いんだよ」

と話してくれたパリの乾物屋のおじさんもいました。

「心の充足という、一ばん大きな財産を手に入れることができなかったからなんだ」

評論家たちは、心ということばを口にする回数が多くなりました。心、心、心、心、と心はインフレ化し、そうなるとマヤコフスキーでなくとも、

もしも心がすべてなら

と、前置きしてさまざまの疑問を出したくもなるのです。心とは一体どんな形をしているのか？　心とは何色で、長さは何メートルくらいのものなのか、それはデパートにも売っていないし博物館にも陳列していないが、どこへ行けば見ることができるのか？　私は決して心の問題を軽蔑するものではないが「心もすべてではない」ということを思わないわけにはいかない。「幸福論」の経済学といったものに目をつぶってしまうと、世界が半分しか見えなくなってしまいます。

シーソー、マジュリー・ドー・ジャッキーの
親方入れかわり
ジャッキーの手当は日に一ペンス
それ以上の仕事できっこない

マザーグース

アランのように「雨が降ったら傘屋がもうかると思え、晴れたら洗濯物が乾くと思え」という唯心的な幸福論は、裏返すと「雨が降ったら洗濯物が乾かないと思え、晴れたら傘屋が損すると思え」というもう一つの現実をかかえこんでいるのです。そうした物事の背反する二つの側面を自己内部で統一しようとするのが思想の生成です。中には人間の心の問題はすべて「食物によって決まる」と考えている学者だっています。脳を生成するのはグルタミン酸だとか大豆だとか緑素だとか言い出すと、それは食物にふくまれていることになり、マルクスの思想もベートベンの楽想も、すべて彼らの食物が生みだしたのだということになるからです。

勿論、それだって真実とは言えないし、大雑把《おおざつぱ》すぎる。たとえ一人の人間に関することであっても「歴史」と名のつくものは、さまざまの要素の複合体です。どれか一つの要素が「すべて」の因《もと》になっていると考えることは、あやまちの始まりです。

そこで心がすべてでないとして、

いとしいお金は何になる

ということについて考えてみることにしましょう。お金は人生の中で、心と背反するもう一つの価値です。お金は幸福そのものではないが幸福のかわりに在るものです。心は何物とも交換しないことによって価値がありますが、お金は交換することによって価値が生まれてくるものです。

本来は、交換可能なものの価値はほんものではないと思われがちですが、社会の仕組みが交換によって成立っている以上、お金によって手に入れることのできるさま

ざまのものを無視したり、軽蔑したりすることはできにくい。美川憲一が切々と、

わかれるときにお金をちょうだい

と唄って、話題になりました。

これは、男の心変わりの代償としてお金をちょうだい、と要求している女の唄でした。つまり、心がなくなったら（そのかわりに）お金でもいいからちょうだい、というものでした。お金が心と交換される、というのは交換価値で支えられているお金の宿命のようなものです。女にとっては、思い出に指輪をもらうのと同じようなものですが、指輪は（心と同じように）交換不能です。

相手の心がなくなったのに、こっちに心の形骸だけをもらっても、男にも重荷になるのではないか、という配

慮がにじみ出ています。

わかれる前にお金をちょうだい
あなたの生活にひびかない程度の
お金でいいわ
そのお金でアパートを借りるのよ
あとは一人で何とかするわ
がまんさえすれば生きてゆけるわ

男と別れる女が、指輪をもらうのはロマンチックで、お金をもらうのは現実的——と考えるのは、簡単すぎます。男と一緒にくらしていた女が、路上に投げ出されて指輪を一つもらっても、生きてゆくためには明日から働かなければならないし、場合によっては他の男の世話にならなければいけないかも知れないのです。

同棲を清算した新宿歌舞伎町のホステスのしず子さんは、しみじみと言っていました。

「わかれるときに、お金をもらったおかげで、いまでもずっと一人よ。

一人でいると、きっと彼がもどって来てくれるような気がするの」

それから、酔ってトロンとした目で、

「世の中で、お金ぐらいロマンチックなものはないわね」

と言いました。

ところで、現代は「欲しいものがいっぱいあるのに、それと交換するお金が足りない」人たちの時代です。

青女のあなたの収入と、あなたの欲望とのあいだには、大きな差異があり、あなたも心のどこかではいつも「いとしいお金」のことを考えているに違いありません。正直なところ、あなたの今月の月収は少なすぎます。一年分全部合計し、それにボーナスを加え、（さらに停年まで会社にいると仮定して）停年までの月収の総額を足してみて下さい。それが、あなたの一生かかって参稼できる「あなたの値段」になるわけですが、その額面は岩下志麻がテレビのCMと契約したりする額より多いですか？「あなたの値段」はもしかしたらエリザベス・テイラーがたった二日間かかって撮影する映画の出演料より安いのではありませんか？　そう考えると、いささかガク然となってくる筈です。それともルソーの「女は不公平さを甘んじて受け、不平を言わずに残酷さに耐えなければならない」（エミール）などという書物を傍らに置いて、耐えつづけてゆくのですか？

＊

高い高いと言われている銀座のバアがいつも満員です。一枚十二万円もするトム・ジョーンズの切符が売り切れ、日生劇場の三千円シートが一杯になり、一皿四千円の北京焼鴨が品切れになるのです。

一台三十万〜五十万の乗用車は一日に数千台も量産され、書店一軒の本の売りあげが一日に百五十万円以上というのですから、一体だれがそんなに金持ちなのかと驚かないわけにはいきません。

月給三万〜六万のBGの青女が、一枚十二万円のトム・ジョーンズの切符を買えるわけはないし、予算をきめて、部屋代、食費、衣料費などと分類してゆくと、月に音楽会や映画、書物購入などに使えるお金などは知れたものです。とても、あなたの夢と現実の二人三脚は、うまくゆくわけはないのです。

そこで、こうした時代には時代にかなった「戦略」を

わたしの亭主はちっぽけで
おやゆびぐらいしかありません
一パイントびんにしまいこみ
太鼓遊びをさせてあげ
靴下どめをくれてやり
ズボン吊り代りに使わせて
小っちゃな絹のハンカチで
鼻を拭いてあげました
　　　　　マザーグース

もたなければいけない。

たとえば、こんな友人がいます。

彼は安月給サラリーマンなのに、スポーツカーのポルシェを乗りまわしているのです。宝くじでも当ったのかと思ったら、そうでもないらしい。きいてみると、アパートを引き払った、というのです。

部屋代とアパートの権利敷金全部をまとめてポルシェを買った。

「ポルシェをもつのが一生の夢だった」

そこで、ポルシェを買うかわりにアパート代を節約し、ポルシェで寝泊まりしている、というわけです。

マキシムのエスカルゴ料理とムル貝、それにフランス風の舌平目のグラタンを食べてみようと思い立って、一週間、パンと牛乳だけでがんばって、食費の合計で一夜だけマキシムで食べたという女子大生もいます。

彼女はいつもカレーライスかハンバーグステーキを食べていて、それが彼女の月収にふさわしい食費で食べられる外食だったのですが、一寸《ちよつと》バランスをくずすだけで、高級フランス料理が食べられる。そして、ふだん見なれぬ人たちと出会い、自分の見知らぬ社会を経験する。東京にいたって「外国旅行」ぐらいの見聞はころがっているのです。私の知っている女子高校生のグループが七人でコートを買う金を合計してフローランの毛皮のコートを買いました。

「見てびっくり！」

と彼女らが自慢するのも無理のない豪華なものです。

それを、彼女らは七日交代に権利をもつのです。フローランを着て、得意になって歩き、次の日はコートなしでさむさにふるえている。「でも次の火曜日があたしの番だから、こんどは火曜日にデートをするの」という彼女を見て、ほほえましく思いました。

バランスのとれた家計簿主義では、現実の飢餓を乗り切れないとき、あなたは自分の「方法」を持つべきだ。そして、「いとしいお金」とうまくつきあうことも、心の問題と同じくらいに精神的な問題だということを知るべきだ、と私は思うのです。

第十二章——愛され方

ロンドンの古本屋で「マザーグース」の絵本を買いました。

今月は、その中の童謡を題材にして、青女にとって愛情とは何であるかを考えてみることにしましょう。

ピーター、ピーター、かぼちゃくい
お嫁さんを家にひきとめておけませんでした
彼はお嫁さんをかぼちゃのなかに入れて
そのなかに
うまくとじこめておきました

かぼちゃくいのピーターこそは、現代サラリーマンの世をしのぶ仮のすがたです。彼らは結婚すると、団地とかアパートという名のかぼちゃの中に「お嫁さん」をとじこめておこうとする。

チャーミングでみんなに愛されていた女の子は、結婚したときから「他の人に愛されてはいけない」と思われるようになります。そして、かぼちゃくいのピーターに独占され、一生をかぼちゃくいのピーターのためだけにつくしてやることを要求されます。しかし、独占的な愛情関係は、やがては人間が人間を私有する、という怖ろしい生活習慣の原基となってゆくのです。

モルガンが書いているように「人間がより大きい富を生産するようになりはじめたとき、また、この富を子供に伝えたいという希求が、一夫一妻制を生みだすことになった」のかも知れません。少なくとも、ピーターにとってかぼちゃの中なら安全です。その中へ、とじこめてしまうことで、お嫁さんの社会参加は閉ざされてしまうからです。

＊

ソロモン・グランディ
月曜日に誕生
火曜日に命名
水曜日に結婚
木曜日に発病
金曜日に悪化
土曜日に死亡
日曜日に埋葬
ソロモン・グランディ
おしまい

これは、ソロモン・グランディの一生が一週間しかなかった、という唄ではありません。たまたま、生まれたのが月曜日で、死んだのが日曜日だった一人の男の、主な出来事と曜日との符合をテーマにして、一生なんてはかないものだ、と唄ったものです。そして、あなたの愛している相手も、みなソロモン・グランディの親族です。どんなに永遠を誓った愛だって、それは一台のテーブル、一脚の椅子ほどの寿命も持つことができないのです。

ぼくは小さなロバを持っていた
名をダップル・グレイといった
ぼくはある婦人にロバを貸した
婦人が一マイルも遠くへ行くために

小さなロバを愛情のことだと考えてみましょう。ロバを「ある婦人」に貸してしまうと、「他の婦人」に貸すことはできない。愛情を同時に何人もの人に分配

することは、不道徳なことだと思われています。しかし、貸したロバがいつも幸福になるとは限らない。この唄のつづきは、

婦人はムチをひゅーとならし、ビシッと
ロバを打った
そして泥んこの中をのりまわした
もうどんなことがあっても
婦人にはロバを貸すもんか

となっています。

私は「小さなロバ」は、誰のものにでもなる自由があると考えます。ロバはロバなりに成長してゆきますが、愛情だって同じように生き物であり、いろんな人と出会ってゆくことになります。

誰かを愛する、ということは一つの選択であり、決意でもあります。(つまり、誰かを愛する、ということは他の誰かを愛さないということになるわけですが)、この精神的な契約はあくまでも制度化されたり、義務づけられたりする性質のものではない、ということなのです。

この場合の「愛する」という定義づけが、実は問題です。木を愛し、果実を愛し、美酒を愛し、そして書物を愛するように、人を愛することができないのはなぜでしょうか?

私たちは同時に幾種類もの花を愛し、ブランディとスカッチを同じように嗜《たしな》み、そしてピンク・フロイドとショッキング・ブルーと浅川マキに同じように熱中できるのに、AとBという二人の男を、同時に(同じように)愛することはできない、と思われています。

しかし、それは嫉妬の問題があるからなのです。

母ちゃんぼくを殺しちまった
父ちゃんぼくをむさぼり食べる

マザーグース

*

嫉妬は、異性間だけではなく、親子のあいだでも問題になります。子を嫁にやる親は、一様にさびしがり、ときには妨げ、そして子の愛情に疑問をさしはさみます。

母一人子一人のために、子が母に遠慮して、いつまでも結婚しないという事例は私たちのまわりにも少なくない。四十歳をすぎても、母親に可愛がられて独身でいる男のマザーコンプレックスは、一口に言ってしまえば愛情が幾つか交錯して生じるトラブルが面倒くさいからだ、ということにもなるのです。

愛情は、少ない対象に向けておくほど問題を起さずにすみます。しかし、それは社会的にはきわめて閉鎖的で、排他的なものであるといえなくもない。「出会い」は限られ、人生も単線レールの汽車のように、一方的に、しかもゆっくりと進むだけです。

サモアの原始人たちは、花嫁をもらうときには、たとえ親の形式的な同意を得られても、略奪を装った儀式をします。二人は〈かけおち〉の真似をし、二人の友人たちは「アワンガ！　アワンガ！」と叫びながら、二人の家のまわりを投げ槍と棍棒をもって跳びまわります。幾週間かたつと、両親は娘をゆるすしるしとして、白いゴザを出します。そして二人はかえってくるのです。

——このアワンガ〈花嫁略奪〉の儀式は、親の心の底にくすぶっているわが子への執着とか未練をとりのぞくために考え出した、サモア島人の知恵のようなものですが、文明社会の人たちは、「理解のそぶり」をしめし、一応表面的には、あきらめてみせます。しかし、「子を奪《と》られた」という感情が、変るものではないことは、相も変わらぬヨメ・シュウトの対立のなかにも顕《あき》らかです。

愛が、対象を独占したいという感情だと思われるようになったのは、一体いつ頃からのことなのでしょうか？
所有（私有）し、意のままにする、という関係の持続は、
実は愛とは全くべつの、ただの人間関係のエゴイズムな
のではないのかな。
私は、「かぼちゃくいのピーター」の、もう一つの唄
も知っています。
それはジェフ・スパークスというアメリカ人の「現代
のためのマザーグース」です。

ピーター、ピーター、かぼちゃくい
お嫁さんをもらったが、追いだした
追い出したのが
おそすぎたくらい
洗剤使うのを止めないんだから

これは、洗剤使用が河川汚染公害の原因になるから、という説明つきですが、しかし、「かぼちゃの中にとじこめる」ことを平気でするようなピーターは、気にくわなくなると、平気で「追い出す」のです。

だが、大切なことは「とじこめる」ことも「追い出す」ことも、相手に力を行使することであり、一つの実現だということです。そして、愛情とは、相手と自分との「出会い」の中で生成される感情の種類だということです。

実現について論じることと、感情を吟味することとは、同じことばではできない。一切の実現行為は、思想や情念をバネとしてひきおこされることになるが、実現されたときには、それはもう感情そのものではない。それを混同してしまうから、さまざまの行動、（そして制度化された約束事までも）全《すべ》て「愛しているから」などということばで大義名分化されることになる。

＊

愛情は、虚構です。

それは、つかまえどころのないものであり、それを数えることも測ることもできない。それを多くもつことのできる人は、心の「財産目録」がゆたかになるということになる。だが、結婚や同棲は生活です。それは実態であり、（もしも、一夫一婦制を身にひきうけて、実現してしまったなら）二人の関係の中に二人だけの政治、二人だけの経済、二人だけの福祉と保護といったものをもつことを要求される。私は「二人だけ」というところが気に入りませんが、それでもそのことと「愛情」とはべつの用語で語られなければならないということを知っている人を、少しは信用してもよい、と思うのです。

ぼくは小さな栗の木をもっていた
実は一つもならなかったけど
銀のナッツメグと金の梨がなった

第十三章――「女性論」総点検

女であるということは不幸です
しかし、女でありながら、
自分が女であるということを知らぬ人は
もっと不幸です

キエルケゴール

*

『青女論』を終るにあたって、いままで書かれた多くの「女性論」を総点検してみたいと思います。

と言っても、数百数千もある「女性論」を片っぱしから取りあげるというわけにもいかないので、とりあえず近くの本屋さんへ行き、そこで手に入るのを全部買ってきて、それを読んでみるということにしました。私が、簡単に手に入れることのできる本なら、それは皆さんに

一人の爺さん居ったとさ
その爺さん、子牛を飼ってた
それがこの唄の半分
その爺さん、子牛を小舎から引っぱり出し
石垣の上にのせたとさ。
それでこの唄はおしまい。

マザーグース

とっても簡単に手に入る本であり、もし私が共鳴して「ぜひお読み下さい」と言っても、また「こんな本は読むな」と言っても、実際に効果があると思われるからです。

堀秀彦の『女性のための71章』

何冊か買ってきた本の一ばん上にのっていたのが『女性のための71章』でした。サブタイトルは「愛と幸福への指針」となっており、著者は一九〇二年生まれという から七十二歳のおじいさんです。

東大の哲学科を出て、現在は東洋大学の学長で評論家。カバーには「とくに高校生、若い女性、主婦に多くの影響を与えている」となっています。

しかし、私は堀おじいさんの考え方はとても古風で倫理的だと思うのです。

たとえば、この本の六十三章から七十一章までは「性について」となっていますが、堀おじいさんの性に対する考え方は、いささか説教くさく、しかも性に対してきわめて抑圧された考え方をもっているのです。例をひくと、

「性の意味が、それによって新しい生命が生み出されることだとすれば、子供を生む可能性をはじめから否定してかかる避妊的な性のまじわりは、どこかしら欠けているものをもっていないだろうか。不完全な交わりではないだろうか。」と、おじいさんは書いています。

しかし、性が「子供を生む」手段にすぎないとしたら、それは性のたのしみを半減してしまうものです。この、カソリック的な考え方は、接吻、同性愛、フェラチオ、自慰などはすべて不倫だということになってしまう。

しかし、私は「生殖」と「性行為」とは、それぞれを

独立したものとして考えることが、現代人にとって必要だと思うのです。堀おじいさんの考えは、「子供を生む」ためにだけセックスを容認していますが、そのことを社会的な現実に照らしあわせると、結婚した夫婦以外の性行為はすべてだめになる。

恋人同士が、どんなに求めあっていても、すぐに「子供を作る」わけにはいかないし、「子供を作る」ためではない性行為は、不完全で、欠けているというのでは、性行為はたのしいものではなくなってしまうことでしょう。

＊

それればかりではない。たとえ、夫婦同士でどんなに愛しあっていても性器接吻や、避妊性交はすべていけない、ということになり、「子供を生む」ためなら、まったくお互いが愛も欲望もなくても、いいということになります。こうした堀おじいさんの考えは、性文化をさまたげ、家父長制的な「家」を中心とした性を抑圧する政治のための口実となって来、そして多くのフラストレーションによる社会不安、精神病、犯罪の因を作ってきたのです。ヨーロッパの女学生は、朝、窓をあけて青空をながめ、

「今日はすてきな恋人にめぐりあえるかな」

と思いながら、ピル（経口避妊薬）をのみます。そのことは、堀おじいさんの考えるほどやましくもないし、異常なことでもない。堀おじいさんは、

「あなたの相手の若い男性が、避妊ということについてそれほど理解があり、あなたがた女性に協力的だろうか。あるいはまた避妊は百パーセント完全だろうか。」

と、心配し、

「あなたが愛する彼とデイトするとき、あなたが避妊のくすりをふところにしのばせているなんて——そんなこ

とが、普通のロマンチックな若いあなたがた女性について考えられるだろうか」と、お古いことを言っています。

性行為や避妊について考えることがロマンチックでない、というのは堀おじいさんの年齢のせいで仕方ないとしても、

「あなたは多分愛する彼から不意をおそわれ、あなたも不用意に身をまかせる、これがごく普通の場合ではなかろうか」

というに至っては、おどろいてしまいます。堀おじいさんが「不意をおそう」と書いているのは婚前のことか婚後のことかわかりませんが、こんな動物的な性行為じゃ、性交は相手に恐怖か不安を与えるのが、せいぜいです。

性行為は演出され、ときには音楽や詩、ときには虚構によって彩《いろど》られ、それ自体がたのしみであり、消費であ

り、「出会い」であるのです。「子供を生む」ことのできない身体の人でも、結婚などをみとめない奔放な人でも、誰でも権利のある生の証明です。

＊

前章で、一寸紹介したように私の友人のジム・ヘインズは、ヨーロッパで唯一の性解放誌「SUCK」を編集しています。アポリネールのポルノグラフィから、O・H・オーデンの詩、レポートからウイリアム・ライヒ研究、セックスメイト募集の記事を満載していて（注＝私のところにもバックナンバーがあり、見たい人には見せてあげます）、とてもユニークですが、誌名の「SUCK」というのは「吸う」「しゃぶる」という意味で、フェラチオやクリニングスのことを指し、「決して生殖につながらない性行為こそ、性解放の一拠点」というふくみをもたせているのです。

私は何も突飛なことを言っているのではない。堀おじいさんのように、性行為を特殊な行為、限定された行為としてきた人たちは、究極的には、女性を「家」の中にとじこめる封鎖的な保守思想によって、性の私有管理をしてきたのだ、と言いたいのです。

おじいさんは「男女の性は、道徳の世界と密着している」としめくくっています。たしかにそうかも知れないが、その場合には「道徳」の内容が問題なのです。「道徳」は時代と手をとりあってゆくもので、普遍のものではありません。

中古の、酸敗した道徳に封じこめられないためにも、この本『女性のための71章』は読むな、と言いたい。これは、堀おじいさんたちの青春時代に書かれればよかった本であり、いまどき有害無益だと思わざるを得ないのだ。

かわいいナンシーち
ゃん
白い上着を身につけ
て
お鼻は赤く
手足はなく
背のびしておればお
るほど
丈が短くなってくる
　　　　マザーグース

俵萠子の『愛だけで生きられるか』

この本には、いくつかのサブタイトルがついています。

「あなたのための〝あなた〟を」「女の生きがい論」「うつろう愛のあとに来るもの」。


著者の俵さんは、美人で、とてもさわやかな、感じのいい人です。しかし、この本の第五章である「ほんとうの女の幸せとは何か」という部分は少しばかり共鳴できないものがある。

俵さんは、

「幸福とか、不幸とかいうことは、ひとによってまちまちなもので、私にとっては、一見、とても、ささやかなことです」

と言っています。

「朝起きて、ああ、空が青いなと思うこと。生まれた男の子が、戦争に行って死なないこと。よく眠ること。食べ物がおいしいこと。食べる物があること。丹精した菊の花がきれいに咲いたこと。

けれども、ささやかなことを守るのは大変なことです。青い空は、もう、ほとんどなくなってしまった。それをとり戻すのは、大変なたたかいです。生まれた男の子を戦死させないのも、むずかしいたたかいです。菊の花を咲かせる庭を持つことも、庶民にとっては、生涯かかっても不可能なことかも知れない。私にとっての問題は、だから、しあわせについて語ることよりも、しあわせをどう守るかということです」

俵さんは、このことを東京の池袋で、新左翼系の若者たちとの徹夜ティーチ・インで話した、と言っています。若者たちは、俵さんの話をきこうとせず、「ナンセンス」「粉砕」「カエレ！」と野次っていたということですが、俵さんは彼らについて、こう書いています。

「花をきらいな人はいない。〝粉砕〟ばかりわめいている若者も、ほんとうは、花が好きだろう。

花について語るのは、愛について語るのと似ている。両方とも、なにがしかのはにかみと、両方とも、なにがしかの後めたさがついてまわる」

＊

私が俵さんの「しあわせ」について感じる疑問は、それは語るものではなく、守るものだ、ということです。「守る」というからには、それはすべて「在《あ》る」ものか「かつて在った」ものということになり、俵さんはしあわせの実例として「空が青いこと」や「食べ物がおいしいこと」を挙げています。しかし、私には「空が青いこと」も「食べ物がおいしいこと」も、ただの「満足すべき条件」にすぎず、「しあわせ」とはべつのもののような気がするのです。大体、「守る」ということばは、うしろ向きの考え方のような気がして、私は好きになれないのです。

「しあわせを守る」と、俵さんが書くとき、しあわせは、すでに出来上がった価値としてとらえられていることになるのですが、私は、しあわせは、新たな価値の創造であり、かつて存在しなかったものを生み出すための想像力による働きかけではないかと思うのです。ルナアルの「幸福とは、幸福をさがすことである」ということばは「幸福とは、幸福を語ることである」と言い換えることもできる。現代人が失っているのは、幸福そのものではなく、むしろ「幸福論」なのだ、ということも考えてみる必要があります。

俵さんは、「空が青いこと」「食べ物があること」「生まれた男の子が戦争に行かないこと」をしあわせの実例として挙げていますが、北海道の山の中にいる森林労働者は、こうしたことに満足していて、しかし「賃金が高いこと」「キャバレーで遊べること」「親子一緒に暮らせること」をしあわせだと思っているかも知れない。しあわせを日常的現実の上におく限り、それは相対的な満足と不満足のあいだにゆれうごくことになり、「かつて在った現実」が変らずに維持されることの方が、変革され、新しい価値を生み出すことよりもいいのだ、という保守の思想になってしまいます。

私は、ル・クレジオという小説家の言った「想像できないものを三つあげよ」

ということばがとても好きです。これは「想像できないもの」というよりは「思いうかばぬもの」と訳した方がいいかもしれませんが——ともかく、山のあなたに求めようとした先人たちのしあわせも、形而上的なものだったのだということは大切なことです。政治的な満足は、人間の全体性からみれば、ほんの「部分的な満足」でしかないのだということを俵さんは、どのように考えるでしょうか？

「花をきらいな人はいない」と俵さんは言っています。それはある意味で、とても感傷的なことだ、と私は思う。花よりも血の好きな人、花よりも荒野の好きな人、平和よりも冒険の好きな人もいるのが現実であり、そうした個の差異から出発しない限り、「しあわせを守る」ことは、個人的な生活の安定を守るエゴイズムに陥ってしまうことになるのだ——と私は思うのです。

俵さんの本は、やさしさにあふれているが、あまりにも主婦的でありすぎるところが難点だと思います。

猫が鼠とまちがえた
まあ、何てひと！
この穴は！
マザーグース

曾野綾子の『誰のために愛するか』

この本はベストセラーなので、誰でも知っているにちがいない。本の帯にも、

「マスコミはこぞって激賛・紹介」と書かれ、朝日、毎日、読売、日経、中日、サンケイ、東京、週刊朝日……などの名がずらりと並んでいます。

＊

曾野さんは、「愛」について、きわめて平明に語りながら、なみなみならぬ説得力で多くの問いかけに答えています。

たとえば、愛を定義づけるために、

「その人のために死ねるか、どうか」

という問いを出し、死ねることが愛なのだ、と言っています。いささか、女学校の上級生が同窓会で話しあっ

ているようなムードで、私などには気恥かしいところもあるが、ある意味で、これほど正直で素直な本はない、と言えるかもしれません。

＊

しかし、この正直さの根底にながれているものに、私は「自分とのちがい」を感じないわけにはいかない。曾野さんは、女は一人の男と結婚し、子供を育てて母になってゆくのがあたりまえだと思っており、そのことを前提にして書いています。

「結婚してまもなく、私は夫から、女は人間ではなく人間より少し外れたものだと教えられた。

例えば英語で人間はと言うとき〈人間〉として使われる単語は通常、男を指すのである。女が何か特別なことをするときには、〈人間〉がするのではなく、〈女〉という特殊な名詞を使ってそれを表わさねばならない。

『だから女ってのはつまり人間じゃないのさ』

と彼は気持ちよさそうに言った。

幼いときから私も女はどうしても男に劣るような気がしていたので、私にとって女でありながら向上するということはいつのまにか、女らしくなくなることのような気がしていた。別な言い方をすれば、私は女であるよりも、人間でありたかったのである。」(傍点筆者)

曾野さんのこうした書き方は、男である私たちにとって、きわめてコケティッシュです。つまり、曾野さんはある意味で、ボーヴォワール女史が言った「人は女に生まれない。女になるのだ」という説を引用通りに、「女になっている」のです。

「女になって」しまえば、生きやすい社会です。曾野さんは、「二人の統治者がいては困る」と言って、「家」の中で、無能をよそおう。海千山千の生きる知恵、すなわちおばあさんのごとき処世術が、美しい顔のうしろにかくれているようです。

「私はすぐ、大きな声で『千の千倍はいくつ?』ときく。夫と息子が答えてくれる。電気のヒューズがとぶと、私は暗闇の中に坐《すわ》っている。財布が始終見えなくなって誰かに拾ってもらう。

うちでは統治するものは男である。男は女の無能さに困らされなければいけない、と私は思った。」

＊

勿論、必要なときの曾野さんの能力発揮ぶりはバッグンで、「二十分以内に入院に必要なものを揃える」とか「お刺身の残り三切、納豆一塊、牛の挽肉百グラムなどという妙な取りあわせのものが残ったとき、うまく組合わせて」天才的な腕をみせる——というのです。

そして、「私は下らないことに有能なのだ」と書きそえているのですが「千の千倍」より、入院時の応急判断が「下らない」わけはないから、曾野さんは実は「下らないことには無能ですませる」ことにしている、といった方が正しいでしょう。

彼女自身も「私は決して婦徳をふりまわすのではない。無能と言われることは楽なのだ。楽な道を選んでなぜいけない」と、ひらき直っています。この、ひらき直りが実は問題で、「男まさりの能力」を「男以下の地位しか与えられていない〈女〉」の仮面でかくし、酸敗した社会にうまく寄生しているところに、曾野さんの大姐御《おおあねご》的なすごさがある。

他の女の人は、知らずにそうしていることを、彼女は何もかも知りつくしている。知りつくしていながら「楽な道を選んでなぜいけない」というところが、この本の毒です。

＊

曾野さんは、モーパッサンの『脂肪の塊』を好んでいた、と書いてます。この小説の主人公の娼婦は、惜しみなく与えることによって「愛する」のです。しかし、曾野さんはごく当然のように「自分の夫」「自分の子」を愛することを書いており、そのことは「他人の夫」「他人の子」は自分の夫、自分の子のようには愛さない――ということを強調することの効果を高めています。そこには一夫一妻制への信頼があり、現状維持の思想が厳然とあります。勿論人は皆を愛することはできない。しかし、だからと言って、「鳥ばかり見て、背後の空を見落してしまう」のでは困りものです。しかし、一人を愛するということが、他の数千万人を愛さないということとウラハラになっている、という現実が、家中心思考の構造上の問題なのだということを、知らぬふりをした「知りすぎた女」曾野さんは、なかなかの悪女ではないかと、思われるのです。

池坊保子『夫とつきあう秘訣集』

ベストセラーになる本には、必ず毒があるように思われます。

それは、罐入果汁を実物よりもうまくするために有害なチクロ（人工甘味料）を用いたり、実物よりきれいに見せるために、有害な人工着色料を用いたりするのに似ているかも知れません。ひとは、それぞれ個別的に生きているのに、ベストセラーは「大多数」を相手にすることになり、そのために個人の内部領域などを無視して、「すぐに役立つ」「すぐに売れる」ことを目ざすからです。

しかも、そのベストセラーが、文学ではなく「生き方」に関するものだった場合には、問題は大きくなる。

ロンドンブリッジがおっこちた！

美しい奥さん！

マザーグース

著者の、ほんとの目的が何なのか、を知ることが、読者であるあなたの「読書の条件」になります。

さもないと、まんまと罠《わな》にかかったウサギになってしまうことになる。

美人の池坊保子《いけのぼうやすこ》さんの書いた『夫とつきあう秘訣集』は、「夫とつきあう秘訣」について、いろいろの知恵を与えています。だが、この「つきあい方」にも、おや？と首をかしげたくなるような箇所も少なくありません。

たとえば、池坊さんは「夫の気に入っている友人は、妻が嫌《いや》でもけなさない」と言っています。その章を引用すると、

人には好き嫌いがあります。どうして、あんな人とうちの人は仲がいいんだろう、というような友人もあるでしょう。

（中略）とはいえ、夫が気に入っていておつき合いしているなら、夫には大切な人。友人が帰った後で自慢気に「彼、いい奴だろ」などとあなたの感想を聞かれても「へえ、あなたは好きかもしれないけど、私は嫌いね。よくあんな図々しい人とつき合ってゆけるわね」なんてプリプリしないこと。もし、あなたと仲のよい友達がきて夫にそう言われたら、どんな気持になるか考えてみましょう。夫が感想を求めるのは、ほめてもらいたくて聞いているのです。そんなときは、「あの方、表面は図々しいようだけど、その実は、気をつかっていらっしゃるようね」と言えば、夫は「いや、あいつの図々しさは根っからみたいだよ。僕もときどきまいることがあるよ」と逆に出てくるかもしれません。

私は、べつにプリプリする必要はないが、きらいな人はきらいだと言った方がいいと思う。夫婦だからと言って、何も好き嫌いまで同じである必要はないのだし、そんなことを言葉で表面だけ取りつくろってみたところで、いつか本音が出る（態度にだってあらわれる）ことは、目に見えています。

それに、夫の友人が妻の友人でもある必要などないのであって、「夫がほめてもらいたくて感想を求めている」としたら、甘ったれているとしか言いようがない。きらいな男の訪問を「気をつかっていらっしゃるようね」などと、奥歯にものがはさまったような言い方をする、作りものの思いやりで、長く一緒に暮してゆくのは、ひどく虚《むな》しいような気がします。

同じ本の中で池坊保子さんは、

「借金、学歴、職歴、病歴は事前に夫に話しておかないとひどい目に会う」（四七ページ）と書いています。

「借金の有無、学歴、職歴、病歴などは結婚まえにちゃんと相手に話しておきましょう。もちろん、結婚してからの借金や保証人などは、夫に事前に了承を求めるべきです。そういうことをはっきりさせておくことが本当の信頼というものではないでしょうか」

ところが、同じ本のページをめくっていくと、「何もかも夫に話すことが、夫への愛にはならない」（一二八ページ）という項目があるのです。そこでは、池坊さんは七十歳をすぎた老夫婦が日なたぼっこをしていながら、五十年前の昔ばなしをしていたエピソードを紹介しています。

おじいさんが、「お前、私のところへ来たとき、生娘《きむすめ》だったのかい?」と冗談めかしてきき、おばあさんが「嫌ですね」と恥かしそうに笑いながら「いまだから言いますけど、あたしには身も心も許した青年がいましてね」と語りだしたら、おじいさんが「わたしを五十年間もダマしつづけたのか！」と言って離縁してしまったというのです。ここで、五十年間も二人で苦労してきた結婚生活の真実を無視して、結婚まえの処女性にこだわって離縁したおじいさんの異常さを責めずに、池坊さんは、「信頼を裏切るということは、こんなにも恐ろしいものなのです」と書いています。そして、

「夫に黙っていることに耐えられないというのは、あなたのエゴイズム。嘘はつきたくないという自己満足のために、それを聞いて夫がどういう気持ちになるかをも考えずに、口に出すのは禁物です。どんなに物わかりのよい寛容な夫であったとしても、心のどこかにその事実が残り、一生苦しむのではないでしょうか」

＊

私は、この二つの「秘訣」を読みくらべながら、ある

戸惑いを感じます。それは、池坊さんの文章には、信頼とか愛情といった言葉がたびたび出て来る割りに、そうした言葉の内実としての行動原理がなかなか見つからぬことです。借金のようなものは、早く夫に「打ちあけ」て、責任をとってもらうが、性体験のような、直接、現在の生活の利害に関わらぬことはかくしておけ、という言葉の裏には、池坊さんの「妻にとっての保身の知恵」は見られても、「夫との信頼関係」といったものが、見出しにくい、ということなのです。

かくしごとは、バレるか、バレないかのどっちかです。学歴や病歴や借金歴だけではなく、性歴だってバレることはあるのです。それが、バレることによって「ひどい目にあう」としたら同じことです。

池坊さんは、

どうせわたしをだますなら
死ぬまでだましてほしかった

という流行歌のモラルを説いているのですが、性体験、恋愛体験だけを特別扱いして、それを「だましつづける」ことが、本当の愛情だと思っているとしたら、あまりにも「男性」が気の毒です。

職歴や学歴だって、ホステスやソープ嬢、小学校卒、といった「妻としては自慢にならない」ものがあるかも知れない。だからと言って、それをかくして一生を一緒にすごすことは、結婚を虚構化することにしかならないでしょう。

私は、池坊保子さんの『夫とつきあう秘訣集』は、私向きの本だとは思いませんが、その一ばん大きな理由は、こうした事例の内容よりも、その底を流れている彼女の

「家庭観」にあります。彼女は、結婚というものが、一人の男と一人の女の「創世記」を裏切って、まず「家」が在り、そこに夫がいる——その与えられた環境の中で、どう立ちまわったら妻はトクかということを書いているのだ、ということです。

しかも、一人の女が男との「出会い」の中で発見してゆくべきことを、一般的道徳のレベルまで退行させ、水ましてしまうことによって「妻」としての創造性を売りわたしてしまったことは、美しい保子さんのたくらんだ陰謀ということにでもなるのでしょうか？

いやいや、才女の池坊保子さんの思考の底にまで、ふかく「家」の中の妻の立場を保身化させているところが、案外、わが国の社会の保守性だと言えるのかも知れません。合掌！

おいらは身ぐるみはいでしまうまで
おいらの唄を歌おう
イエーッ

田中澄江『娘のための人生論』

昭和四十四年五月に初版が発行され、わずか二年で五十版近くまで、版をかさねた「名著」の一つ。

著者の田中澄江さんは、すぐれた劇作家田中千禾夫氏の奥さんで、自身も劇作家としてブルーリボン・シナリオ賞やNHK放送文化賞などを受賞しております。この『娘のための人生論』の他にも、ベストセラーとなった『愛しかた愛されかた』などがあり、ある意味では、現代の若い女性のための水先案内人の一人とも言えるかも知れない。

それだけに、書いてあることの社会性もまた大きい訳ですが、残念ながら、私はこの本が、若い女性たちにとってきわめて「有害」で、反動的な本だと言わざるを得ません。

たとえば、

「婚前性交という言葉がある。この語感はどうもあんまり美的ではないので、若い娘さんなど方々の婦人雑誌に出ているからといって、あたりまえのようには口に出さないでほしいのだが、つまり、結婚前に互いにからだの関係をもつことである」

という言いまわしなど、何とも奇妙です。若い女性が、性のことを「あたりまえのようには口に出さないでほしい」というのは、性に対する偏見以外の何ものでもありませんし、そのことを「からだの関係をもつこと」と言い直しているあたり、ますますもって「語感が、あんまり美的」だとは思えません。性のモラルについて、若い女性が悩んだり、話しあったりするのは大切なことであり、（当然、婚前性交についてもそうです）——それを、口に出さないで、澄江おばさんなどの説諭にまかせていたら、生殖としての性行為は理解できても、文化としての性行為は理解できず、性的後進国の女性として、大切な青春を棒に振ってしまうことになるでしょう。

＊

「わたくしはたとえ婚約しても、相手のからだにふれたがるような男の辛抱のなさを、愛の強さだなどと甘く見ることは禁物だと思う。

もし誠意あり愛情ある男だったら、結婚までは深い交渉をもたぬというのが本当のところではないだろうか」

この言い方では、男は性的野獣で、女は無垢《むく》の処女、ということになりますが、「からだにふれたがるような男の辛抱のなさ」――などというのは、あまりにもズレた言い方で、むしろほほえましくさえなります。男と女が愛しあったとき、お互いに、相手のからだにふれてみたくなるのは当然の成行きです。キスは、「近頃の若いもの」がはじめたことではないし、性行為もまたダフニスとクロエの時代から、数千年ものあいだ、くりかえされてきた「愛し方愛され方」の実践になるのです。

澄江おばさんは「結婚までの辛抱」と言いますが、その考え方は、性的関係を結婚の条件と考える（つまり、処女を嫁入り道具と考える）古風な倫理観であり、性的に無知な夫婦を作り出す原因になることを知っておく必要がある。愛しあう、性的に結ばれる、ということは人生の営みであり、結婚する、ということは社会的な制度です。

二つのことは、時には一体化しますが、時には相反することもある。しかし、いずれにしても、感情や生理を社会的な制度に従属させてしまえば無難だという考え方は、抑圧を生みだす因《もと》になるばかりです。

だれだって、好きな人と愛しあう自由はあるのだし、好きな人と「深い交渉」をもつ権利がある。それを、邪魔しようとすることは、親にも教師にも、総理大臣にもできることではありません。澄江おばさんのように、性関係を特別視し、例外的に扱おうとする人は、W・ライヒの『オルガスムの機能』などを読んで、オルガスムスがどれだけ人間の解放と深くかかわりあってきたかを、勉強しなければならない、と思います。

＊

「処女は、銘記してたいせつにするべきである。その一つのしょうこのように、軽率にそれを失ったひとたちが、外科医などを訪れて、いろいろの処置を受けたりしているのではないか」

これは、たぶん「妊娠」のことについて言っているのだと思います。現実に、性的交渉と妊娠との関係について考えてみることは、重要なことです。しかし、それは何も「婚前性交」だけの問題ではない。妊娠——それも望まない妊娠の問題、は、既婚女性をふくむすべての女性の問題です。そして、そのことは、モラルの問題などではなく、政治の問題になって来つつあるのです。

新聞によると、妊娠中絶禁止のフランスでは、ウーマンパワーの攻勢で「優生保護法改正」が約束させられたそうです。

澄江おばさんは、「外科医などを訪れて、いろいろの処置を受ける」(産婦人科医のマチガイであろう。こうした無知自体が、すでに問題なのだ)——のが「軽率に処女を失ったひとたち」ばかりであるように書いていますが、避妊の問題は、「結婚した女性」にとってこそ、重要であることにふれていません。中絶王国といわれるわが国では、「夫婦の三分の二が受胎調節をし、その三分の一が失敗して妊娠する」という事実があります。そして、母体を傷つけ、危険にさらされることになっているのです。

そのために、ピル（経口避妊薬）を許可すれば、問題はなくなるのですが、澄江おばさんのような「性モラルの乱れ」をおそれる倫理派の人たちがいる実状では、なかなか許可されそうもない。

アメリカでは十一年前、中国では七年前にピルが認められ、「人工中絶」などしないですむようになっているのに、いつまでも処女性などというものにこだわるおばさんたちがいて、ピルが認められない社会事情というのは、不幸という他はありません。

「処女をたいせつにする」ということは、ただ、それを長く保存しておけばいい、ということではないのです。

こんな本を読んでいたら、十代でガミガミ屋の「おばさん」になってしまうばかりです。したがって、私は言いこの本をはじめて読んだのは病院のベッドでした。

ぼくは十九歳でした。

この本を貸してくれた人は心臓発作で死にました。

たい。田中澄江『娘のための人生論』は、読む必要はありません。

伊藤整『女性に関する十二章』

昭和二十八年に書かれたこのエッセイは、当時「社会的には解放のきざしを見せながら、市民社会の原理がつらぬかれていない」家庭の中で迷っていた女性の、福音《ふくいん》の書でありました。

しかし、時代に奉仕した名論は、その時代の崩壊と共に滅んでゆくことになる。伊藤整氏の〝画期的な名著〟も、いま読むと、オヤオヤと思う個所が少なくありません。たとえば、

「人間はいろいろな弱点を持っていますから、一般的には結婚生活が必要なので、その中で生活しないと、不安定に陥り、恐怖や衝動におそわれがちなものです」

と、家庭の必要性を説いている部分は、「家庭」というものにオプテミステックな印象を与えます。家庭のあるなしにかかわらず、われわれは「恐怖や衝動におそわれる」ことがある。たとえば、戦争や公害の不安は「家庭」によって解放されるものではないからです。

伊藤整氏のこの文章の「結婚生活」という部分に、「友人」とか「恋人」ということばを、そっくりあてはめても、文章が成り立ちます。(むしろ、その方が説得力がありさえします)

また、結婚によって、

「自分は性的な満足を欲する時に得ることができる、という安定感が得られる」

とも言っていますが、この「性的な満足」ということばも問題だと思うのです。現在、人妻の60パーセント以上が、オルガスムスの体験をもっていない、という統計学的なデータは、結婚は性的回数を約束することはあっても、そのことによって深い連帯感と解放感にいたっていないということを物語っているからです。

それに、結婚したからといって、「妻の欲する時に性的な満足を得られる」という風にはならないことは、結婚してみればすぐわかることです。「家庭」もまた、最小限の社会であり、そこにはさまざまな抑圧や桎梏《しっこく》があるからです。むしろ、結婚などしないでいる方が、自由にパートナーを選べる（次第に、性的なコミュニケーションは、制度化から解放されて、個人の選択に委《ゆだ》ねられてきている）からです。

＊

青女であるあなたのために、提案してきたこのエッセーは、ただの「疑問符」であってもよいと思っています。この「疑問符」の介入によって、あなたの人生への固定

した価値観に、ほんの少しでも新しいアングルを与える
ことができればよいと思ったからです。

対談──「男にとっての性 女にとっての性」

岸田 秀 VS 寺山修司

岸田　警官の女子大生殺しという事件があったでしょう。

寺山　ありました。

岸田　あれははたから見ると一回の性行為で一生を棒にふっているわけで、ぼくはどうもあそこに男の業《ごう》というのを感じちゃうんだな。

寺山　男の業ね……。

岸田　つまり男にとってセックスというものはそれほど価値のあるものであって、どうしてもやらなきゃいけないものだというふうに思い込まされているんだな。女の性は素晴らしい、神秘的で魅力的だという幻想がすっかりしみついているわけ。その男は必死になって幻想をかなえさせようとしたんですよ。

寺山　性行為が実現しないうちに幻想がどんどんふくらんで、すごい物語になっていったわけでしょう。叙事詩として。

岸田　それがひとつの男の業になっているんではないかと、ぼくは思ってるんですけどね。

寺山　業は本能から生まれるのですか。

岸田　いや、全く逆で、本能が壊れてしまったからこういう幻想を創らなきゃいけなくなったと思うんです。

ぼくは男と女の関係は、女の性をエサにして男を働かせたところに基盤があると思ってるんですけどね。

寺山　そりゃユニークですね。

岸田　そもそも人間には働き蜂みたいに働くという本能がないんですよ。できることなら働きたくない、でも誰かが働かないことには人間滅亡しちゃいますからね。それじゃどうするかということで誰か知恵者がいたのかな（笑い）、女の性的魅力がエサとして与えられたわけです。よく働く男にはいい女があたるなんてね。ここで女性の性は商品化されたわけ。

それで女性の性と性行為をうんと神秘的なものにさせて——本当は性行為に神秘的なところなんてひとかけらもないんだけど、その幻想のために男はやりたくもない仕事をやるようになったのね。それがずっと今まで文化として続いてきたわけなんですよ。

寺山　まあその警官の例じゃないけど、たかがひとりの女性が男の人生を狂わすくらい強大な幻想になったわけね。男はそれだけ性にひきずられやすいわけだ。

アリストファネスのギリシャ喜劇で男が戦争ばかりやって社会を壊すので、それをやめさせるにはどうするかと考えたあげく、女はいっさい男をベッドに入れない、すると男はどうにもたまらなくなって、だんだん女の言いなりになって戦争をやめるというのがあるけど、実際にはどうだろう。そういうやり方をすると性的な不満がたかまってきて、その分リビドーは攻撃的になるんじゃないですか。かえって戦争は過激化してくるんじゃないかと思うけど。

岸田　あの、本当はひきずられないんですよ。でもひきずられるように仕組まれてるわけです。本当はって言ったらおかしいかな……。

　つまり、男の心理的な根拠は何かといえば、性能力になってしまったのね。男はインポを恥ずかしがるでしょう、屈辱なの。インポになった人はそれ治そうと必死ですからね。なぜ必死かというと性的快感が得られなくなったからじゃなくて、できるということに男の面子《メンツ》というかアイデンティティがかかってくるからなんです。これプライドの問題なわけ。男がセックスするのは精液がたまったからそれを出そうというものじゃなくて、やらなきゃアイデンティティが保てないからなんですよ。だから男にとってセックスというのは楽しいだけのものじゃないとぼくは思うんです。

寺山　ぼくは女性の読者がたくさんいる雑誌でセックスは楽しくないとは言いたくないから（笑い）、こんないいことはないと言います（笑い）。

岸田　まあ、それは楽しいところも大いにありますけど。

寺山　でも男が性的に女性を満足させてるという幻想が、アイデンティティの大きな要素になっているってことはあるでしょうね。ノーマン・メイラー（アメリカの作家）の小説に、冷感症の女の人に人生を教えてやるというんで体張って連日性行為をする男の話があるんだけど、そこまでいくと社会解放運動をやってるみたいなものなのね。だから本質的に、男にとって性は社会参加の身分証明書なんだな。

岸田　身分証明だからこそ、追いつめられて無理にやってる面もあるということなんです。

寺山　もし無人島で女と二人だけでいたとしても、アイデンティティを毎日確認していなければ不安になるかという問題——やっぱり都会にいるほどそういう不安は襲って来るから、相手をとりかえるのが必要になってくる気がしますね。

岸田　そうですね。

寺山　それで男が女と互角にセックスできるのは二度目からじゃないかな。初体験というのは女にとってそれほど深い意味を持たないんじゃない。失敗したって女が悪いんじゃないってところがあるでしょう。ところが男にしてみれば古顔の娼婦が必ず男をほめるように、初体験って大変なことなんですよ。

岸田　セックスってのは男の能力を試される場面ですから、男は常におびえてるのね。

寺山　そう、とくに比較されることにおびえますね。女の人でも「オッパイが小さい」などと言われることに多少おびえてると思うけど、男はそこでアイデンティティが試されちゃう。即物的なことより行為としての比較ね。女はそれがないだけ楽ですよ。

岸田　言い換えると、自分のアイデンティティさえ証明できればいいってことも男にはあるのね。だから男のほうが浮気というか、次から次に女をとりかえる、その女を征服してしまったら次の女に気が向くっていうのはなるべく多くの女に自分の能力を証明してもらいたいからやってるわけ。千人斬りとかいってね（笑い）。

　女はあんまりそんなこと求めないでしょう。でも男は自分を証明する必要に駆られて、相手が誰であってもかまわないって調子でやる面もあるわけですよ。

女性の性は金銭や指輪やことばや約束やいろんなものに置きかわる

寺山　そりゃ、言えます。でもそうすると商品化された女のほうはどうなるんですかね。商品価値としてどのへんかというところにアイデンティティを置くわけですか。

岸田　うん、そうですね。その置き方に個人差はありますよ。でも大なり小なりみな置いてる。だからすぐセックスに応じる女は、男にとって飽きられやすい。

寺山　そんなことはないでしょう。寝ることが商品価値の始まりである場合もあるし。

岸田　いや、あると思いますよ。男の全てではないとしても、女を商品価値としてしか見ていない男にとって、すぐさせる女ってのは魅力がなくなるの、それに商品価値が高いということで魅力を感じる男のほうが、ずっと多いということですよ。なかなかおちない女をおとす、なんてね。

寺山　岸田さんは女にすぐさせてもらえなかったら、ますますはりきるんですか（笑い）。

岸田　いや、そんなことないですけどね（笑い）。ぼくは女がすぐ応じなかったらすぐ諦めます。もう口説《くど》かない。

寺山　でも、女の人はセックスが商品化されているというとすぐ腹を立てるところがあるけれど、ぼくなんかの考え方としては商品化されないものなんて存在しないということです。商品化されるってことは価値を交換することでしょう。金銭に置き換える形もあるけれど、言葉や約束や家や指輪や、いろんなものに置きかわっていくわけね。だから商品化されたら、それだけ社会的に意味を持ったことなんだから名誉なことと思って、名誉なんて言うとおかしいけどさ(笑い)。でもいかなる形の商品化もされなかったという女の人がいたら、それはやっぱり魅力が乏しいってことじゃないかしら。少なくとも岸田秀の詩一編をもらうに値しなかった女は、商品化しなかった女ですからね(岸田氏は若いころ、恋歌をよく書いた)。

岸田 ハハハ。

寺山 (岸田氏の詩を読んで)岸田さんに「片想ひ」っていう詩があるでしょう。そのすぐあとに「ひとり寝る夜のむなしさに……」って出てきますね。片想いの相手と寝てたってのはおかしいけど。

岸田 違う女性なんです。ぼくはいろんな女の子に詩を捧げる趣味があってね。詩を捧げてはくどいてるわけですよ。くどいてふられると、また詩を捧げるわけ。「別れ」というのは、ぼくをふって行ってしまった女の子に捧げたものです。

寺山 それで、「ゆきてかへらぬ……」

岸田 そういうわけです。くどいてうまくいった場合は、詩なんか作っているひまはなくなりますから(笑い)。

寺山 (今にもシャッターを押そうとするカメラマンに)写真機を向けられるたびに喋《しゃべ》ろう

とすることがわかんなくなるの。要するに撮られるってことに無防備になれない。何となくごく自然に喋ってるところと言うでしょう。喋ってるときの自分の顔がどうなってるだろうかとか、女性の雑誌にどんな写真が載るかとか、笑い顔は出したくないとか、いろんな複雑なこと考えてるうちに何喋ろうとしたかわかんなくなっちゃうんだな（笑い）。（気を取り直し）それで男と女の行為についてだけど、膣性交ってのが女性解放運動をする人たちの間で否定的になってきてるでしょう。でもアフリカに行くとまだ女性の割礼なんかが残っていて、クリトリスを取っちゃうのね。膣性交しかできないようにしちゃうの。ぼくは性を人間的なつながりとか出産とかのレベルで考えるのと、単に快楽の手段として考えるのとどっちかだけにしちゃうのは非常に片手落ちだと思うわけ。いろんな楽しみ方を同時多発的に持っていて、それでいいんじゃないかと思うんですよ。

岸田　人間の場合は本能が壊れてしまってるからどんな形の性的満足もあり得るわけですよ。同性愛でもいいし、異性愛でもいいし、のぞきでもいいし。だからどういう形でも全部不自然なわけ。自然なことは存在しないのね。

寺山　本能が壊れてるっていうけど、岸田説ではサル的本能は壊れてるということですね。

岸田　ぼくの意見は全てそこから出発してるんですが、まあ本能というのは決まりきった行動形式なんですね。こういう刺激を与えたらこうするという。人間の場合はひとりひとり違った反応をするでしょう。だから本能が壊れていると考えてるんです。だからこそ文化が必要になったわけね。

男は生殖器だけが性感、女は全身が性感と歴史が創りあげてきた

寺山　そのへん確かめておかないと――。

だけど男と女はどっちが好色かというと、これは男のほうみたいになってるけど、どっちも同じくらいで、むしろ個人的な違いだけだな。

岸田　だけど男っていうのは一般的に言って、性感が性器に限定されてますね。女ってのは体全体がそうですから。

寺山　キスして男が陶酔境に陥ったって話聞いたことないしね。気持ち悪いものね、そんなの（笑い）。ちょっとアタマおかしいんじゃないかって（笑い）。

岸田　女はオルガスムスに達すると気を失う子っているでしょう。もちろん、めったにはいませんがね。男なんていくら射精しても意識を失うことなんてない、想像を絶しますよね。

寺山　女は性に対して全存在的だけど、男は局部を全存在的な幻想にまで高めよう、高めようということで非常にあがくわけであってね。

岸田　男の肉体は性器以外は労働の道具になったということに関係があるんじゃないですか。そうせざるを得なかった。男は性じゃなくて、労働が商品化されたわけだから。性器だけを子孫繁栄のためにエロス化することを許されたんですね。ところが女にとっては全身がエロス器官で。

寺山　今違ってきたでしょうね。

岸田　今は違ってきました。

寺山　ただどうなんでしょうか。そうすると女性はある意味で男性と同じくらい肉体の部分が労働のための道具化しつつあって、なおかつ全身が性感帯でいられるっていうのは……。こりゃ異常に好色だということでしょうね（笑い）。

岸田　いや、純粋に生理的条件なんてないんであってね、生理ってのは文化に従うんだから。だから今までの文化によって女は全身に感ずるようになっているから、今女が働き始めても急に男のような肉体にはならないと思う。でも労働としての肉体を使い始めると、快感は減退しますよね。

寺山　そりゃ、絶対そうです。

岸田　これからは女性と男性が近づいていくでしょうね。近づいていくってことは、ホモやレズがふえるということですけど。

寺山　全身が性感帯の男が出てくる可能性もあるんじゃないかな。

ぼくはそんなアカデミックじゃないから体系化して始源的な状態から語るってことはできないけど。でも朝起きて、歯をみがいて新聞を開いたという、そういうところに自分の発想の視点をおいたときに感じるのは、今非常に膨大に商品化されたセックスのなかで生きてる男性がいるという現実は、見落とすことはできない気がする。

岸田　でも、彼らは生理的に感ずるのかな？　ずっと今まで男は性的に抑圧されてきたから、エロスそのものも抑圧されてると思いますよ。だから男には幻想ってものが必要なんじゃないかな。男の性欲から幻想をひけば、ゼロと言ってもいいわけですよね。

寺山　だってそのこと自体、三十センチ未満のものの摩擦運動にすぎないわけでしょ。それがエロスになっていく過程で幾重もの幻想を創っていくエネルギーが必要になってくるわけ。想像力の助けを借りなかったらおもしろくないですよ。

岸田　女も想像力が必要かもしれないけど、その意味や重要性は違いますよね。生理的な面と幻想の比率が男と女じゃ違うんだな。男は幻想の部分が絶対多いですよ。男のほうがロマンティックだといわれてるのもそのへんでね。

寺山　つまり女には幻想の力を借りなくても生理的な快感を得るような、肉体の構造になってきた歴史というのがあると思うんですよ。男性の場合は歴史的にそれをはぎ取られてしまったので、幻想の力を借りないと成り立たなくなってしまったのね。

岸田　そうやって文化は幻想や神話をたくさん創りあげたんですね。男は能動的だけど女は受動的だ、女には性欲はないなんてのも神話の最たるものだしね。

寺山　女だって性欲すごい人いますよ。

岸田　すごいと思うよ。男ってのは何回もできないんですよ、ところが女は何回もできるわけで、オルガスムスも女は何回もいくわけね。そう考えれば女のほうが性能力は高いかもしれないですね。だから女は受動的だという神話を作ったのは、女の性能力のあまりの強さに怖れて、それを押えるためだったんじゃないかな。そうでもしなきゃ男はやってられんと。

寺山　ぼくは、女が受動的だという神話を作ったのは案外女自身かもしれないなと思うんですよ。男に自信をつけさせて能力を高めておかないと、男はおびえて立たなくなっちゃうかもしれないと。

岸田　だから男と女が協力したんですよ。男が作って女に押しつけたというんじゃなくて、女のほうも手を貸したんじゃないですかね。

まあ、今の文化では男が能動的というか、主導権をとっているけれど、あれとらざるを得ないのね。男にはインポの可能性があるから弱いでしょう。弱みがあるの、男には。あらゆる優越感は劣等感から発生するわけだから。インポという劣等感のために主導権をとるにいたったんじゃないかしら。

寺山　男にはパチンコ玉みたいのを二千発から五千発持っていて、それを使っているうちにだんだん減っていくというのが実感としてありますしね。

岸田　あります。

寺山　残り少ない玉の数をいかに有効に使うか、いかに効果的に狙い打ちするかってね。

岸田　それと根強い幻想が男のバージン願望。男は本音として処女は好きなようですよ。授業中に聞いたことあるんだな、処女はいいかと言うと、いいなんて男がいてね。女のほうから一斉に非難の声があがって、その男ついに参っちゃった（笑い）。

寺山　人間の中には関係を物語化したいという願望というか病気というか、そういうものがあるんですね。物語をどこから始めるかというときに、途中からの登場人物になるよりも最初から出て来たいという願望があるんじゃないですか。
ぼくは全然、処女かどうかなんてこだわらないですけど、わりに多くの男性ってのは自分と女性との関係を物語としてとらえたいという欲望を強く持ってるような気がしますね。そういう意味ではわりに散文的なんですね。
岸田　女のほうはどうなんですかね、童貞願望ってのは。
寺山　ないでしょう。韻文的なんですよ、女性は。どっちかというと男は散文家で女は詩人なんじゃないですか。
岸田　でも、それは本能的な違いじゃないのかね。
寺山　違うように仕組まれたのね。男の過去にこだわるなというのは歴史と封建社会が、女に対して教え込んできたんでしょう。

恋愛と結婚は本来別々のものだから、恋愛結婚ということばは奇妙

岸田　寺山さん、好みのタイプってあります？
寺山　好みのタイプと聞かれると困っちゃうんだな、つきあうとそれが好みのタイプにな

るんです。
勝手なこと言うと、半月会わないでポコッと訪ねて行ってもニコニコして、どこ行ってたのってこと聞かなくて、毎日会ってもちっともうるさくない女性ってのはいいですね。要するに点滅も光なりでね。たいていの女性は点滅は闇だと思ってますからね。滅はあっちゃいけない、ずっと持続して反復していなければダメ、それはイヤなんです。

岸田　ぼくは義務化されるとイヤになっちゃうんだな。男の気持ちだって揺れ動くわけですよ。非常に心が高ぶってるときとそうでないときって、波があるわけでしょう。それを常に最高潮のところにいることを期待されると、もう金縛りになっちゃう。

寺山　ぼくが結婚しないのも、生活を義務化されるのが面倒くさいからでしょうね。突然旅行したりすることもあるし。
昔、何かに書いたんだけど女のコって何になりたいかと聞かれると、よくお嫁さんって答えるのね。あれどうしてかな。人生七十数年あるとして、お嫁さんでいられるのは二時間半くらいでしょう。次の日からは人妻になって母親になるわけですから。はかなさに賭けてるのかな。

岸田　結婚ってのは単なる制度ですしね。

寺山　そう、就職があるのと同じようなレベルで結婚があるんですよ。で、社会制度というだけであって、最近は共同生活を必ずしも伴っていないみたいですね。衣食住を共にするのが結婚だという最小限の原則も成立しなくなって、別々に暮らしていても届けだけ出してる例も出てきたでしょう。

岸田　恋愛結婚ってよく言うでしょう。ぼく思うに、あれ、そもそもおかしいんですよね。恋愛と結婚なんて起源が全然別で関係ないものなんですよ。

恋愛と結婚と生殖とエロス、この四つは本来何の関係もないもので、恋愛結婚というのは水と油をまぜたような非常に無理な概念なんです。

寺山　そう、そう。レベルが全然違います。

岸田　社会秩序的に言えば、その四つが一致してれば安全なわけですよね。でも本来バラバラなものですから、そうはいかない。それをまとめるために文化というのは非常に苦労するわけです。で、どのようにまとめるかは、文化によって違うんですね。

たとえば江戸時代を考えてみると結婚と生殖がひとつに結びついて、恋愛はエロスと結びついていた。遊里という存在があってね。一見《いちげん》の客とすぐ寝るんじゃなくて、そうなるまでに何らかの恋愛的交流を持つわけでしょう。それが明治になると、ヨーロッパの影響で恋愛が結婚のほうにいっちゃったのね。生殖と恋愛と結婚がひとまとめになった。そこで売春は恋愛ぬきのエロスだけのものになったわけ。

で、現代はまた変わってきて、結婚しないで子どもを産む女の人も出てくれば、恋愛はするけど結婚はしないという人もいる。愛していなければ寝るべきではないという観念も薄れてきている。という具合に本来バラバラである四つの要素をまとめることは諦めちゃって、勝手にそれぞれ切り離されているという状態じゃないですかね。

寺山　プラトニックラブというのがありますね。あのことばは間違って解釈されて、日本に入ってきたんですよね。プラトンという人は女性に興味を持たなかった人でしょう、本来は男が男を好きになるのがプラトニックラブです。

岸田　ですねえ、本当はそうです。でもそのことばと一緒に、セックスを伴わない恋愛というものが日本に入ってきちゃった。本来日本にはそういうのはなかったと思うんですよ。万葉の時代から、この女が好きだということは寝たいということであってね、恋愛とエロスはずっと結びついてたの。

それが明治以降、今から思えばアホらしいことだけど、セックスするのは恋人を汚すことだから性欲の満足のためには女郎を買いに行って、恋人とは精神的な愛を語りあうという風潮ありましたでしょ。今はエロスと切り離された愛というのはずいぶん薄れてきましたけど。

寺山　薄れましたね。

性については行為をしながら考えないと不自由な結果しか生まない

岸田　ところでぼくは自分の本の中で女性のとる道を三つに分類してみたことがあるんですが、それがどうも女性にとっては情緒不安定を呼び起こすようだから、ここで説明してみたいんですが。

寺山　（デザートを食べながら）はい、はい。

岸田　ひとつは妻という名の売春婦、ひとつは本当の売春婦、そして経済的に自立していて自由な性生活を楽しんでいるようで、その実、男たちからは無料《タダ》の売春婦だと思われてる女。そう考えると女性はどうしたって行き場がなくなると。

　ぼくがそこで言いたいのは、女のほうは自分の欲望に素直に従って複数の恋人を持ったり、気が向けば見知らぬ男とでもホテルへ行ったりする、ところが男は長い間の偏見でそういう女性をタダの売春婦としか見ない。どっちが正しいですか、どっちが勝ちますかということ。それが問題なんですね。

男が自分のやってることをどう思おうが勝手であって、私は私で楽しんでやっていると笑って無視できるほど、女が自分の行動に自信を持てるかどうかということになるんです。そうした男の浅ましさというか、意地汚なさというか、そういうものを笑えるほどの確信があればいいんじゃないですか。

寺山　それに人間関係をセックスだけでとらえるという見方をすると、どれかのカテゴリーにおさまってしまうけど、もっといろんな見方があってね、たとえば性的には不自由だけれど食生活では非常に自由な人間がいたり、言語は抑圧されてるけれど性的には解放されていたり。いろいろあるでしょう。だからその三つの分類だけで絶望的になることはないんじゃないかな。

岸田　これ書いたのはあくまで男ですから、男がそのように意味づけしたのであって、女の側からの意味づけがあってもいいわけなんです。男と女の意味づけが一致していれば問題はないけれど、食い違った場合どっちの意味づけが二人の関係を規定してしまうかということでしょうね。どっちの意味づけが果たして勝つか。

「ハイトレポート」に、性革命で、女は自由な性を求めたつもりだったが、結果的には男に得させてしまったという発言があるんですけど、それは女が負けたんです。

寺山　男に得させたという瞬間、負けたんだな。

岸田　そう、男の意味づけが二人の関係を規定したわけですから。

寺山　そう思わなければ負けずにすんだ。

岸田　うん、そう思わないってことがね。単に男の意識を知らないから思わないんじゃなくて、知っててそれを笑い飛ばす自信をもっていれば負けないんじゃない。

寺山　まあ、性について自分なりの考えを持つってことは悪くないだろうと思いますけど、行為より先行してあるというのはある意味で不自由だという気もしますけどね。それはやりながら考えていくという自然さがないと。要するにやって楽しくなければダメですよね。

岸田　そりゃそうですよね。その女性はセックスを楽しまなかったんですかね。楽しんだなら、なんで自分も楽しんだと思えなかったか——。

寺山　私たち楽しんだわね、あの男バカねと言えば勝ったんだな。

岸田　そう。

寺山　それと関係というのは固定的なものじゃなくて流動的なものであって、ただ寝てやろうと思って来た男がいつの間にか女に惚れるというのはよくあることでしょう。女のほうも愛情だけでやってたのがだんだん、この種馬がと思うようになるかもわかんないし。そういうふうにすごく流動的なものだから、総括した瞬間に終わっちゃって、そのときのことばによって勝ち負けが決まると思う。そこで総括しないで続けていれば、また形は変わっていたかもわかんないし。

岸田　性的にもてあそぶつもりで来ても、それがずっと続くとは限らないしね。たとえ男が遊んでるにせよ、後からそのことに気づいて腹が立つようなら女の負けなんですよ。女のほうも始めからそういう男だと知ってて、その男を相手にして遊んだっていいわけですよ。そうすればタダの売春婦だという、さもしい男側の意味づけを撤回せざるを得なくなるかもしれない。

あとがき

子供の頃から不思議に思っていたことがあります。それは、少年と少女、幼年と幼女、老人と老女という言葉があるのに、どうして、青年に対する「青女」という言葉がないのだろうか、ということでした。

女性にとって、もっとも人生が美しく感じられる時期に、「青年」と呼ばれ、男性と一緒にしか扱われないのは、一寸意外な気がしたからです。

女性の社会的差別は、案外こうした言葉の日常性の中から始まっているのかも知れません。

このエッセーが、大部分の青女に双手をあげて賛成されるとは思っていません。

たぶん、保守的なおばさま族や箱入り娘、良家のお嬢さんたちから、ヒンシュクされることになるでしょう。しかし「それでも、地球はまわっている」のです。

このエッセーは、変りつつある時代感情の反映であり、いわば必然的な新しいモラルのための水先案内です。青女の皆さんが、このエッセーから、一つでも多くの「なぜ？」を見つけ出し、それへの答を、じぶんの日常の現実の中にさがしてくれればいい、と思います。

そういう意味で、これは私の前著「家出のすすめ」の姉妹篇でもあります。

ソロモン・グランディ
月曜日に誕生
火曜日に命名

水曜日に結婚
木曜日に発病
金曜日に悪化
土曜日に死亡
日曜日に埋葬
ソロモン・グランディ
おしまい

というマザーグースの童謡ではありませんが、人生はあっというまに終わってしまうのです。自分で生きやすい現実を作らない限り、戦前の女性たちのように、男性中心社会の補完物として、悲しい一生を遂げることにならないと限りません。

それでは、いつかまた逢いましょう。長いあいだ、いろんな手紙を下さった皆さんへのお礼を申しあげます。
時代は少しも生きやすくなってはおりません。問題は、今はじまったばかりなのです。

本書中には、今日の人権擁護の見地に照らして、不当・不適切と思われる語句や表現がありますが、作品発表時の時代的背景を考え合わせ、著作権継承者の了解を得た上で、一部を編集部の責任において改めるにとどめました。

さかさま恋愛講座《れんあいこうざ》

青《せい》女《じょ》論《ろん》

寺山《てらやま》修司《しゅうじ》

昭和56年 3月30日　初版発行
平成17年 2月25日　改版初版発行
令和7年 6月15日　改版13版発行

発行者●山下直久

発行●株式会社KADOKAWA
〒102-8177　東京都千代田区富士見2-13-3
電話　0570-002-301（ナビダイヤル）

角川文庫 13686

印刷所●株式会社KADOKAWA
製本所●株式会社KADOKAWA

表紙画●和田三造

ISBN978-4-04-131528-6　C0195

◆◆◇

角川文庫発刊に際して

角川源義

第二次世界大戦の敗北は、軍事力の敗北であった以上に、私たちの若い文化力の敗退であった。私たちの文化が戦争に対して如何に無力であり、単なるあだ花に過ぎなかったかを、私たちは身を以て体験し痛感した。西洋近代文化の摂取にとって、明治以後八十年の歳月は決して短かすぎたとは言えない。にもかかわらず、近代文化の伝統を確立し、自由な批判と柔軟な良識に富む文化層として自らを形成することに私たちは失敗して来た。そしてこれは、各層への文化の普及滲透を任務とする出版人の責任でもあった。

一九四五年以来、私たちは再び振出しに戻り、第一歩から踏み出すことを余儀なくされた。これは大きな不幸ではあるが、反面、これまでの混沌・未熟・歪曲の中にあった我が国の文化に秩序と確たる基礎を齎らすためには絶好の機会でもある。角川書店は、このような祖国の文化的危機にあたり、微力をも顧みず再建の礎石たるべき抱負と決意とをもって出発したが、ここに創立以来の念願を果すべく角川文庫を発刊する。これまで刊行されたあらゆる全集叢書文庫類の長所と短所とを検討し、古今東西の不朽の典籍を、良心的編集のもとに、廉価に、そして書架にふさわしい美本として、多くのひとびとに提供しようとする。しかし私たちは徒らに百科全書的な知識のジレッタントを作ることを目的とせず、あくまで祖国の文化に秩序と再建への道を示し、この文庫を角川書店の栄ある事業として、今後永久に継続発展せしめ、学芸と教養との殿堂として大成せんことを期したい。多くの読書子の愛情ある忠言と支持とによって、この希望と抱負とを完遂せしめられんことを願う。

一九四九年五月三日

角川文庫ベストセラー

家出のすすめ　寺山修司

愛情過多の父母、精神的に乳離れできない子どもにとって、本当に必要なことは何か？「家出のすすめ」「悪徳のすすめ」「反俗のすすめ」「自立のすすめ」と四章にわたり現代の矛盾を鋭く告発する寺山流青春論。

書を捨てよ、町へ出よう　寺山修司

平均化された生活なんてくそ食らえ。本も捨て、町に飛び出そう。家出の方法、サッカー、ハイティーン詩集、競馬、ヤクザになる方法……、天才アジテーター・寺山修司の100％クールな挑発の書。

ポケットに名言を　寺山修司

世に名言・格言集の類は数多いけれど、これほど型破りな名言集はきっとない。歌謡曲から映画の名セリフ。思い出に過ぎない言葉が、ときに世界と釣り合うことさえあることを示す型破りな箴言集。

不思議図書館　寺山修司

けた外れの好奇心と独特の読書哲学をもった「不思議図書館」館長の寺山修司が、古本屋の片隅や古本市で見つけた不思議な本の数々。少女雑誌から吸血鬼の文献資料まで、奇書・珍書のコレクションを大公開！

幸福論　寺山修司

裏町に住む、虐げられし人々に幸福を語る資格はないのか？　古今東西の幸福論に鋭いメスを入れ、イマジネーションを駆使して考察。既成の退屈な幸福論をくつがえす、ユニークで新しい寺山的幸福論。